AF204252

Tucholsky Wagner Zola Scott Sydow Freud Schlegel
Turgenev Fonatne Wallace
Twain Walther von der Vogelweide Fouqué Friedrich II. von Preußen
Weber Freiligrath Frey
Fechner Fichte Weiße Rose von Fallersleben Kant Ernst Frommel
Richthofen
Hölderlin
Engels Fielding Eichendorff Tacitus Dumas
Fehrs Faber Flaubert
Eliasberg Ebner Eschenbach
Feuerbach Maximilian I. von Habsburg Fock Eliot Zweig
Ewald Vergil
Goethe Elisabeth von Österreich London
Mendelssohn Balzac Shakespeare Rathenau Dostojewski Ganghofer
Trackl Lichtenberg Doyle Gjellerup
Stevenson Tolstoi Hambruch
Mommsen Lenz
Thoma Hanrieder Droste-Hülshoff
Dach Verne von Arnim Hägele Hauff Humboldt
Karrillon Reuter Rousseau Hagen Hauptmann Gautier
Garschin
Defoe Baudelaire
Damaschke Descartes Hebbel
Hegel Kussmaul Herder
Wolfram von Eschenbach Dickens Schopenhauer Rilke George
Bronner Darwin Melville Grimm Jerome Bebel Proust
Campe Horváth Aristoteles
Bismarck Vigny Barlach Voltaire Federer Herodot
Gengenbach Heine
Storm Casanova Tersteegen Gilm Grillparzer Georgy
Lessing Langbein Gryphius
Chamberlain Lafontaine
Brentano
Strachwitz Claudius Schiller Kralik Iffland Sokrates
Bellamy Schilling
Katharina II. von Rußland Gerstäcker Raabe Gibbon Tschechow
Löns Hesse Hoffmann Gogol Wilde Gleim Vulpius
Luther Heym Hofmannsthal Klee Hölty Morgenstern
Roth Heyse Klopstock Kleist Goedicke
Luxemburg Puschkin Homer Mörike
Machiavelli La Roche Horaz Musil
Navarra Aurel Musset Kierkegaard Kraft Kraus
Nestroy Marie de France Lamprecht Kind Kirchhoff Hugo Moltke
Laotse Ipsen Liebknecht
Nietzsche Nansen Ringelnatz
von Ossietzky Marx Lassalle Gorki Klett Leibniz
May vom Stein Lawrence Irving
Petalozzi Knigge
Platon Pückler Michelangelo Kafka
Sachs Poe Kock
Liebermann Korolenko
de Sade Praetorius Mistral Zetkin

Der Verlag tradition aus Hamburg veröffentlicht in der Reihe **TREDITION CLASSICS**
Werke aus mehr als zwei Jahrtausenden. Diese waren zu einem Großteil vergriffen
oder nur noch antiquarisch erhältlich.

Symbolfigur für **TREDITION CLASSICS** ist Johannes Gutenberg (1400 — 1468),
der Erfinder des Buchdrucks mit Metalllettern und der Druckerpresse.

Mit der Buchreihe **TREDITION CLASSICS** verfolgt tradition das Ziel, tausende
Klassiker der Weltliteratur verschiedener Sprachen wieder als gedruckte Bücher
aufzulegen – und das weltweit!

Die Buchreihe dient zur Bewahrung der Literatur und Förderung der Kultur.
Sie trägt so dazu bei, dass viele tausend Werke nicht in Vergessenheit geraten.

Billy Budd Vortoppmann auf der Indomitable

Vortoppmann auf der Indomitable

Herman Melville

Impressum

Autor: Herman Melville
Umschlagkonzept: toepferschumann, Berlin

Verlag: tredition GmbH, Hamburg
ISBN: 978-3-8424-0948-4
Printed in Germany

Ziel der TREDITION CLASSICS ist es, tausende deutsch- und
fremdsprachige Klassiker wieder in Buchform verfügbar zu
machen. Die Werke wurden eingescannt und digitalisiert. Dadurch
können etwaige Fehler nicht komplett ausgeschlossen werden.
Unsere Kooperationspartner und wir von tredition versuchen, die
Werke bestmöglich zu bearbeiten. Sollten Sie trotzdem einen Fehler
finden, bitten wir diesen zu entschuldigen. Die Rechtschreibung der
Originalausgabe wurde unverändert übernommen. Daher können
sich hinsichtlich der Schreibweise Widersprüche zu der heutigen
Rechtschreibung ergeben.

Herman Melville

Billy Budd

Vortoppmann auf der Indomitable

Für Jack Chase, den Engländer; wo immer er nun weilen mag, auf Erden oder im Paradies; Toppgast am Großmast auf der amerikanischen Fregatte »United States« im Jahre 1843.

Vorbemerkung

Das Jahr 1797, in welchem diese Geschichte spielt, eröffnete eine neue Epoche für die Welt und brachte für die Christenheit eine Krise herauf, von einer damals noch unabsehbaren Gewalt, wie sie die Völker seither nicht wieder erlebt haben. Die Zeit forderte die Beseitigung der Erbübel, an denen die alte Welt krankte.

In Frankreich wurde dies auch zu einem gewissen Grade und in der blutigsten Weise durchgeführt. Was aber folgte? Sofort entwickelten sich unter der Revolution weit schlimmere Mißstände als je zuvor unter dem Königtum. Unter Napoleon besetzten Parvenus die europäischen Throne, und es begann jene Agonie fortwährender Kriege, die dann ihr endliches Ende bei Waterloo fanden.

Damals konnte auch der Weiseste nicht ahnen, daß das abschließende Ergebnis dieses Umsturzes sich einmal einigen späteren Denkern als politischer Fortschritt auf der ganzen Linie und für ganz Europa darstellen würde.

Dieser Empörergeist nun gab auch den Matrosen der bei Spithead stationierten Kriegsschiffe den Mut, sich gegen wirkliche und seit langem bestehende Mißbräuche zu empören und späterhin bei Nore mit wüsten und drohenden Forderungen aufzutreten. Man wurde denn auch dieser Meuterei nicht eher Herr, als bis die Rädelsführer zum warnenden Exempel für die vor Anker liegende Flotte am Galgen hingen.

Dennoch bewirkte dieser als ›Große Meuterei‹ berühmte Aufruhr, obschon natürlich das damalige England sich vor ihm entsetzte, schließlich und ähnlich wie die französische Revolution im großen, daß unterderhand höchst bedeutsame Reformen in der britischen Marine durchgeführt wurden.

Erstes Kapitel

In jener Zeit, wo es noch keine Dampfschiffe gab, konnte ein Bummler, der an den Kais irgendeines großen Seehafens entlangspazierte, viel häufiger als heutzutage auf eine Gruppe braungebrannter Matrosen der Kriegs- und Handelsmarine treffen, die sich in ihrer besten Uniform an Land herumtrieben.

Bisweilen begleiteten oder umgaben sie wie eine Leibgarde einen der Ihren, der, auf solche Weise ausgezeichnet, sich mit ihnen fortbewegte wie der Aldebaran mit seinen geringeren Sterntrabanten.

Diese auffallende Erscheinung hieß in jenen, der banalen Nüchternheit noch nicht ganz verfallenen Zeiten allgemein ›der hübsche Matrose‹; und es gab ihn so gut auf Kriegs- wie auf Handelsschiffen, wo er sich ohne jede Eitelkeit und mit der natürlichen Offenheit angeborenen Verdienstes unter seinen Kameraden bewegte und ihre freiwilligen Huldigungen als etwas Selbstverständliches entgegennahm.

Ich erinnere mich an einen besonders typischen Fall. Vor fast einem halben Jahrhundert sah ich einmal einen einfachen Seemann in Liverpool im Schatten der großen schmutzigen Mauer des Prinzen-Kai – ein Hindernis, das seitdem längst verschwunden ist.

Er war so tiefschwarz wie nur ein Afrikaner aus reinstem Hamitenblut, dabei wohlgebaut und auffallend groß. Um seinen Hals trug er ein lose geschlungenes buntes Taschentuch, dessen Enden auf seiner nackten Brust aus Ebenholz tanzten; dazu hatte er schwere Goldringe in den Ohren und auf seinem hübschen Kopf eine Schottenmütze mit gewürfelten Bändern.

Es war ein heißer Julimittag, und sein schwitzendes, blankes Gesicht strahlte von gutmütigster Barbarenlaune. Lachend und seine

Scherze nach rechts und links verteilend, wobei seine weißen Zähne blitzartig aufleuchteten, schlenderte er dahin, umringt von seinen Kameraden, die ein so buntes Farben- und Rassengemisch darstellten, daß der alte Anacharsis Cloots sie sehr wohl vor den Schranken der französischen Nationalversammlung als vollzählige Vertreter des gesamten Menschengeschlechts hätte können auftreten lassen.

Jeden Tribut der Bewunderung, den ein Passant dieser schwarzen Pagode zollte, sei es, daß er stehenblieb und den jungen Riesen anstarrte oder gar ein ›Ah‹ des Erstaunens hören ließ, quittierte das scheckige Gefolge mit einem solchen Stolz auf seinen Führer, wie ihn einst die assyrischen Priester empfunden haben mögen, wenn sich die gläubige Menge vor dem Steinbild ihres großen Stieres niederwarf. Nun aber zur Sache –

Der ›hübsche Matrose‹ jener geschilderten Zeit benahm sich zu Lande bisweilen fast wie ein König Murat; – mit dem eleganten Teufelskerl ›Billy-be-Damm‹ hatte er nichts zu tun. Der letztere ist ein heute fast ausgestorbener Typ, den man höchstens nochmal auf dem stürmischen Eriekanal am Steuerrad trifft oder eher noch in einer der vielen Kneipen, die ihn auf beiden Seiten säumen.

Der neue Typ war oft noch amüsanter als das Original: ohne Ausnahme ein Meister in seinem gefährlichen Fach und obendrein fast immer ein bedeutender Boxer oder Ringer.

Man erzählte sich Geschichten von seiner Tapferkeit. Zu Lande war er der Champion, zur See der Wortführer und bei jeder Gelegenheit der erste und vorneweg. Mußte im Sturm das Toppsegel dicht gerefft werden, so war er dabei, rittlings auf der Windseite der Rah sitzend und mit beiden Händen die Zeisinge anziehend, kühn wie ein junger Alexander, der seinen Bucephalus meistert. Wie von Stierhörnern in den gewittrigen Himmel geschleudert, schwang sich sein jauchzendes Bild durch die Luft vor den Augen der Mannschaft, die sich in Reihen an den Rahen abarbeitete.

Meist entsprach seinem prachtvollen Körper ein ebensolches Temperament. Kraft und Geschmeidigkeit, so sehr sie zur vollkommenen männlichen Schönheit gehören, hätten doch allein kaum die Art der Verehrung erklären können, die dem ›hübschen Matrosen‹ in manchen Fällen von seinen weniger glücklich begabten Kameraden zuteil wurde: es kam sein offenes, ehrliches Wesen hinzu.

Solch ein strahlendes Gestirn, wenigstens als Erscheinung, aber doch wohl auch nach der Beschaffenheit seines Herzens war trotz aller Unterschiede, die die weitere Erzählung erweisen wird, der blauäugige Billy Budd oder Baby Budd, wie er später von allen genannt wurde.

Er war einundzwanzig Jahre alt und Vortoppsgast in der Kriegsflotte während der letzten Jahre des achtzehnten Jahrhunderts. Erst kurz vor den hier berichteten Ereignissen war er in den königlichen Dienst getreten; und zwar hatte man ihn dazu gepreßt und ihn im Mittelmeer von einem heimkehrenden Frachtschiff auf ein aussegelndes Kriegsschiff, die *Indomitable*, die vierundsiebenzig Kanonen zählte, übernommen. Dieses Schiff hatte in See gehen müssen, ehe seine Besatzung vollzählig beisammen war, was in jenen unruhigen Zeiten häufiger vorkam.

Kaum betrat der Leutnant Ratcliffe das Schiff, als er Billy am Fallreep sah und gleich die Hand auf ihn legte – noch ehe die ganze Mannschaft feierlich auf dem Achterdeck des Seglers zur genaueren Besichtigung angetreten war.

Und er wählte nur ihn. Ob nun die Reihen der übrigen so sehr gegen Billy abfielen, oder ob der Leutnant Bedenken trug, die knappe Besatzung des Seglers noch zu verringern – genug, er begnügte sich mit seinem ersten Griff.

Zur Verwunderung der Mannschaften und zur nicht geringen Zufriedenheit des Offiziers machte Billy keinerlei Schwierigkeiten. Übrigens hätten sie ihm so wenig genügt wie einem Stieglitz, den man in einen Käfig sperrt. Als die Kameraden Billy so fügsam und ohne jeden Widerspruch, ja beinah freudig gehorchen sahen, ging ein stiller Vorwurf über ihre erstaunten Gesichter.

Der Kapitän des Seglers gehörte zu jenen Sterblichen, die man in allen Berufen, auch den niedrigsten, antreffen kann, und die man allerorten einfach ›Ehrenmänner‹ nennt. Und dieser Mann, der sein Leben lang das wilde Meer durchpflügt und mit dem unbändigen Element gekämpft hatte, liebte im tiefsten Grunde seines Herzens – was weniger verwunderlich ist als es scheinen möchte – nichts so sehr wie Ruhe und Frieden. Er war etwa fünfzig Jahre alt, neigte ein wenig zur Wohlbeleibtheit und hatte ein angenehmes, volles Gesicht, ohne den üblichen Backenbart, von frischer Farbe und innig belebt durch Klugheit und menschliche Güte.

Wenn gutes Wetter war und bei günstigem Wind alles ging wie es sollte, so kam in seine Stimme ein gewisser, fast musikalischer Wohlklang, in welchem sich frei und ungehindert sein innerstes Wesen auszusprechen schien. Er war überaus vorsichtig und gewissenhaft und wurde gelegentlich durch diese Tugenden das Opfer einer übertriebenen Unruhe und Besorgnis. Bei jeder Überfahrt kannte Kapitän Graveling, solange sein Schiff in Küstennähe fuhr, keinen Schlaf. Er trug schwerer an seiner großen Verantwortung als so manche andere Kapitäne.

Als Billy Budd nun unter Deck ging, um seine Sachen zu packen, lud sich der Leutnant der *Indomitable* ohne weitere Umstände in die Kapitänskabine ein und überdies zu einem Whisky, den sein erfahrenes Auge sofort in einem Schränkchen entdeckt hatte. Er war ein grober und hochfahrender Mann, den es in keiner Weise aus der Fassung brachte, daß Kapitän Graveling die üblichen Höflichkeiten der Begrüßung unterließ, was aber trotz des unwillkommenen Besuches nur aus beschäftigten Gedanken heraus geschehen war.

Der Gast war ein richtiger alter Seehund, den alle Plagen und Gefahren des Lebens auf dem Meere während der langen großen Seekriege jener Zeit niemals um den Geschmack an leiblichen Genüssen hatten bringen können. Seine Pflichten erfüllte er stets zuverlässig; aber Pflichten sind oft eine trockene Speise, die er darum gern mit starken gebrannten Wassern zu begießen und zu versüßen liebte.

So blieb denn dem Herrn der Kabine nichts weiter übrig, als gezwungenermaßen den liebenswürdigen und zuvorkommenden Wirt zu spielen, so gut es eben ging. Er stellte Wasserkrug und Glas als die notwendigen Begleiter der Flasche schweigend vor den unvermeidlichen Gast auf den Tisch, entschuldigte sich, daß er für diesmal nicht mittrinke, und blickte traurig zu dem Offizier hinüber, der völlig unbefangen etwas Wasser zugoß, um es dann in drei großen Schlucken herunterzugießen und das leere Glas auf den Tisch zu setzen, aber vorsorglich in Griffnähe; worauf er sich's in seinem Stuhl bequem machte, sich schnalzend und in der besten Laune über die Lippen fuhr und seinem Wirt offen ins Gesicht sah.

Nach diesen Präliminarien brach der Kapitän seinerseits das Schweigen, und seine Stimme klang traurig und vorwurfsvoll: »Herr Leutnant, Sie wollen mir den besten Mann wegnehmen, ein unersetzliches Juwel!«

»Ja«, erwiderte der andere und zog dabei die Whiskyflasche näher, um sich ein neues Glas zu füllen, »ich weiß es, und ich bedaure es.«

»Verzeihen Sie, Herr Leutnant, aber Sie verstehen mich nicht ganz. Überlegen Sie mal! Bevor ich diesen jungen Burschen an Bord nahm, war mein Mannschaftsraum ein Rattenloch voll Streit und Zank. Es sah böse aus auf dem Schiff, sag' ich Ihnen. Ich war so in Sorgen, daß ich sogar allen Spaß an der Pfeife verlor. Aber da kam Billy; und es war als ob ein katholischer Priester den Frieden in ein irisches Wespennest gebracht hätte. Er predigte nicht etwa, noch sagte oder tat er besondere Dinge; doch etwas ging von ihm aus, das die Sauersten süß machte. Sie hingen an ihm wie Wespen am Syrup, alle, bis auf das Großmaul der Bande – den haarigen Riesen da mit dem feuerroten Bart. Natürlich mußte er Krach mit ihm bekommen, wahrscheinlich aus Eifersucht auf den Neuen, den er für alles andere als einen Kampfhahn hielt, und den er ›den süßen Jungen‹ nannte, um sich vor den anderen über ihn lustig zu machen. Billy blieb geduldig und ging auf ihn ein – ich selber bin ähnlich, Herr Leutnant, und hasse nichts so sehr wie Streitereien; aber nichts half. Und eines Tages während der zweiten Hundswache gab ihm der Rotbart unter dem Vorwande, ihm zu zeigen, wie er ein Lendenstück schneiden müsse – er war früher mal Schlächter – einen gemeinen Schlag unter die Rippen. Wie der Blitz fuhr Billy's Arm in die Höhe. Ich glaube nicht, daß er so weit gehen wollte! jedenfalls gab er dem Rüpel einen furchtbaren Schlag.

Das Ganze dauerte nach meiner Schätzung kaum eine halbe Minute, und der Klotz war bei Gott nicht schlecht erschrocken. Und ob Sie's glauben wollen oder nicht, Leutnant, jetzt liebt der Rotbart den Billy – liebt ihn wirklich, oder er ist der größte Heuchler, der mir je vorgekommen ist.

Aber sie lieben ihn alle. Einige waschen ihm sein Zeug, andere stopfen seine alten Hosen, und der Tischler zimmert für ihn in seinen Freistunden eine kleine Kommode. Alle tun alles für Billy

Budd; sie sind wie eine große glückliche Familie. Kurz und gut, Leutnant, wenn dieser Junge weggeht, so weiß ich genau, wie es hier an Bord aussehen wird. Ich werde nicht so bald wieder nach dem Essen friedlich an der Ankerwinde lehnen und meine Pfeife rauchen – verlassen Sie sich darauf! Im Ernst, Leutnant, Sie nehmen mir den besten Mann; Sie nehmen meinen Friedensengel weg.« Und der gute Kerl hatte Not, ein Schluchzen zu unterdrücken.

»Nun ja«, antwortete der Leutnant, der die ganze Zeit mit einer Art amüsiertem Interesse zugehört hatte, und den der Whisky in gute Laune brachte, – »nun ja, selig sind die Friedensengel, zumal wenn sie dreinschlagen können! Und von dieser Sorte sind auch die vierundsiebzig Schönheiten da drüben, von denen einige ihre Nasen aus den Gefechtsluken meines Schiffes herausstecken, das schon lange auf mich wartet.« Und er zeigte mit dem Finger durch das Kabinenfenster auf die *Indomitable*. »Nur Mut! Machen Sie kein so trauriges Gesicht. Ich garantiere Ihnen schon jetzt das Allerhöchste Wohlgefallen. Verlassen Sie sich auf mich: Seine Majestät der König werden entzückt sein zu erfahren, daß in einer Zeit, wo die Matrosen Seinen Dienst nicht mit dem Eifer suchen, den er erwarten darf, – einer Zeit, wo gewisse Kapitäne es heimlich übelnehmen, wenn man sich von ihnen ein oder zwei Teerjacken für den Dienst ausborgt – ich sage, Seine Majestät werden entzückt sein, daß wenigstens *ein* Kapitän mit freudigem Herzen die Blume seiner Mannschaft ausgeliefert hat: einen Matrosen, der ebenso loyal denkt und keine Widerrede macht ... aber wo steckt mein Adonis? Ah«, rief er und sah durch die Kabinentür, »da kommt er ja mit seinem Koffer – bei Gott, Apollo in Person mit einem Koffer in der Hand! Mein Junge«, sagte er und ging auf Billy zu, »du kannst diese große Kiste nicht auf ein Kriegsschiff mitnehmen. Solche Kisten gibt's da nur für Munition. Steck' deine Sachen lieber in einen Sack. Reitstiefel und Sattel für den Kavalleristen, Seesack und Hängematte für den Kriegsmatrosen!«

Der Koffer wurde gegen einen Sack vertauscht. Der Leutnant schickte seinen Mann ins Beiboot, folgte ihm selber und ließ abstoßen von der *Rights-of-Man*. So hieß das Handelsschiff, obschon der Kapitän und die Mannschaft es nach Seemannsart einfach *Rights* nannten.

Der Reeder, ein Dickschädel aus Dundee, war ein überzeugter Bewunderer von Thomas Paine, dessen *Rights* als eine Antwort auf Burkes Anklageschrift gegen die französische Revolution kürzlich erschienen war und weiteste Verbreitung gefunden hatte. Mit dieser Schiffstaufe nach einem Paine'schen Buchtitel tat der Mann aus Dundee etwas Ähnliches wie sein Berufsgenosse Stephen Girard, ein Reeder aus Philadelphia, der seine Schiffe aus Sympathie für sein Geburtsland und dessen liberale Philosophen *Voltaire, Diderot* und ähnlich getauft hatte.

Als nun das Boot unter dem Heck des Kauffahrers hindurchfuhr und der Offizier und die Ruderer den dort prangenden Namen lasen, – einige voll Bitterkeit, andere mit einem Lachen, – da sprang der neue Rekrut, den der Steuermann vorne ins Boot kommandiert hatte, in die Höhe und schwenkte seine Mütze mit einem letzten Lebewohl gegen seine schweigenden Kameraden, die ihm besorgt von der Reling nachsahen. Er grüßte das Schiff und rief: »Auf Wiedersehen auch du, alte *Rights-of-Man!*«

»Setzen Sie sich hin«, schrie ihn der Leutnant an und ließ ihn sofort seine Befehlsgewalt fühlen, obgleich er Mühe hatte, ein gewisses Lächeln zu unterdrücken.

Zweifellos war Billy's Geste ein schwerer Verstoß gegen jede Marinedisziplin. Aber von der hatte er nie etwas gehört; und der Leutnant hätte ihn auch kaum so angefahren, wenn er nicht zum Schluß diese Abschiedsworte dem Schiffe zugerufen hätte. Das hielt der Leutnant für einen versteckten Vorwurf des neuen Rekruten – eine höhnische Anspielung auf die Methode des Pressens im allgemeinen und erst recht in seinem eigenen Fall.

Und doch war diese Satire durchaus nicht beabsichtigt; denn Billy hatte das glückliche Temperament der strahlend gesunden Jugend und eines unbeschwerten Herzens und ahnte nichts vom Geist der Ironie. Dafür fehlte ihm jeder Wille und auch die nötige Verschlagenheit und Gewandtheit. Nichts war seiner geraden Natur fremder als eine versteckte und doppelsinnige Redeweise.

Die Tatsache seiner gewaltsamen Anwerbung schien er ebenso hinzunehmen wie einen Wetterumschlag. Er war zwar kein Philosoph, aber, wie die Tiere, ein unbewußter Fatalist. Vielleicht gefiel ihm auch eine Wendung der Dinge, die unbekannte Abenteuer und neue kriegerische Erlebnisse zu versprechen schien.

An Bord der *Indomitable* wurde unser Mann sehr bald als ein tüchtiger Matrose geschätzt und der Steuerbordwache am Fockmast zugeteilt. Er gewöhnte sich schnell an den militärischen Dienst und war allgemein beliebt wegen seines guten Aussehens und seiner natürlichen Unbekümmertheit. In der ganzen Messe gab's keinen Vergnügteren als ihn; sehr zum Unterschied von gewissen anderen Matrosen, die ebenfalls wie er zu den Gepreßten zählten und häufig genug, wenn sie nichts zu tun hatten, in trübe und sogar bittere Stimmungen versanken – besonders während der letzten Nachtwache, wenn der Morgen träumerisch heraufdämmerte. Sie waren auch nicht so jung wie unser Toppmatrose; und manche hatten auch irgendwo ein Zuhause oder gar Frau und Kind, vermutlich in unsichersten Verhältnissen; und es gab wohl keinen, der nicht wenigstens Freunde hatte oder Verwandte. Billy's Familie jedoch, wie sich bald zeigen wird, bestand ausschließlich aus ihm selber.

Zweites Kapitel

Unser neugebackener Matrose wurde zwar von der Segelmannschaft wie von den Kanonieren gut aufgenommen; aber dennoch war er nicht mehr im gleichen Maße der strahlende Mittelpunkt wie früher unter den kleineren Besatzungen der Handelsschiffe, auf denen allein er bisher gefahren war.

Er war jung und sah trotz seiner kräftigen Gestalt eher noch jünger aus. Sein Gesicht war noch fast das eines Knaben, glatt und beinah mädchenhaft zart, obschon das Salzwasser die Lilien längst verfärbt hatte und die Rosen kaum durch die gebräunte Haut hindurchschienen.

Jemand, der so völlig unerfahren war in allen Fragen eines verwickelten Lebens wie Billy, hätte durch den plötzlichen Übergang aus seiner bisherigen einfachen Sphäre in die so viel kompliziertere Welt an Bord eines großen Kriegsschiffes sich leicht verwirren und einschüchtern lassen – wenn auch nur eine Spur von Eitelkeit oder Selbstgefälligkeit in ihm gewesen wäre.

Unter der bunt gemischten Besatzung der *Indomitable* gab es mehrere auffallende und, trotz ihres untergeordneten Dienstgrades, höchst ausgeprägte Charaktere: Matrosen von jener ganz bestimmten. Haltung, welche dauernde kriegerische Disziplin und häufige Schlachterfahrung selbst einem Durchschnittsmenschen zu geben vermögen. Als der *hübsche Matrose* spielte Billy Budd an Bord des großen Dreideckers fast die Rolle einer Dorfschönen, die aus ihrer stillen Provinz in das Kreuzfeuer hochgeborener eifersüchtiger Damen eines Hofstaates geraten ist.

Indessen merkte er wenig von diesem Wechsel. Ebensowenig merkte er, daß etwas an ihm war, was bei ein paar besonders hartgesottenen Blaujacken ein gewisses zweideutiges Lächeln hervorrief. Es fiel ihm auch nicht auf, daß sein Wesen und Betragen bei ein paar intelligenteren Offizieren des Achterdecks einen besonders günstigen Eindruck machte.

Wie hätte es auch anders sein können? Er war das vollkommenste Muster eines reinen Angelsachsen, mit keinem normannischen noch anderen Blute vermischt; und sein Gesicht zeigte jene Gelassenheit eines wohlgeratenen Menschen, wie die griechischen Bildhauer sie bisweilen der heroischen Stärke ihres Herakles gaben.

Aber noch etwas anderes wirkte, kaum merklich, in seinem Wesen mit. Das kleine wohlgebildete Ohr, der Spann des Fußes, die Zeichnung des Mundes und der Nasenflügel, selbst die arbeitsharten Hände, lohfarben wie der Schnabel des Tucan, mit den Spuren von Teerkessel und Schiffstauen, besonders aber eine gewisse Ungezwungenheit seiner Bewegungen – alles schien auf eine Mutter zu deuten, die in seltenem Maße von Venus und den Grazien begnadet war; und auf eine Herkunft, die in vollem Widerspruch zu seinem Schicksal stand.

Dieses Geheimnis um ihn empfing einiges Licht, als Billy, bei der Ankerwinde stehend, von einem kleinen lebhaften Offizier für die Musterrolle ausgefragt wurde, unter anderem auch nach seinem Geburtsort:

»Verzeihung, Herr Leutnant, den kenne ich nicht.«

»Du weißt nicht, wo du geboren bist? Wer war denn dein Vater?«

»Gott weiß es, Herr Leutnant.«

Erstaunt über die schlichte Offenheit dieser Antworten, fragte der Offizier:

»Weißt du denn gar nichts über deine Herkunft?«

»Nein, Herr Leutnant. Aber man hat mir später erzählt, ich sei eines Morgens von einem guten Mann in Bristol gefunden worden, an dessen Türklinke ich in einem hübschen, mit Seide gefüttertem Korbe hing.«

»Gefunden, sagst du? Nun«, – dabei warf der Leutnant seinen Kopf zurück und besah sich den neuen Rekruten von oben bis unten, – »das war kein schlechter Fund, Hoffentlich findet man noch andere wie dich, mein Junge; die Flotte kann sie verdammt gut brauchen.«

Ja, Billy Budd war ein Findling, wahrscheinlich heimlich geboren und offensichtlich von nicht unedler Herkunft. Sein adliges Blut war so deutlich spürbar wie bei einem Rennpferd. Er besaß übrigens keinen scharfen Verstand und schon gar nichts von der Klugheit der Schlange, war aber darum keine reine Taube, sondern hatte jene gewisse Helligkeit und natürliche Gradheit eines gesunden Menschenkindes, das noch kaum von dem fragwürdigen Apfel der Erkenntnis gekostet hat.

Er war ganz ohne Bildung, konnte nicht einmal lesen, verstand aber zu singen und sang sich zuweilen, wie die unbelesene Nachtigall, seine eigenen Lieder. Selbstgefühl schien er nicht zu kennen oder doch nicht mehr als man sinnvollerweise etwa einem Bernhardinerhunde zutrauen darf.

Da er für gewöhnlich auf dem Meere lebte und vom Festland kaum mehr kannte als die eine oder andere Küste oder vielmehr nur jenen Teil der Erdkugel, den die Vorsehung für Bars, Tanzlokale und Kneipen – dieses Paradies der Seeleute – aufbewahrt zu haben scheint, so war seine einfache Natur von all den moralischen Unaufrichtigkeiten verschont geblieben, die nur allzuoft nach der bekannten Manufakturware ›Ehrbarkeit‹ schmecken.

Sind denn die Seeleute, die diese Paradiese besuchen, ohne Laster? Gewiß nicht; aber ihre Laster, um nun einmal dieses Wort zu gebrauchen, kommen sehr viel seltener als bei den Landbewohnern aus einer Verderbtheit des Herzens, sondern aus einer Überfülle an

Lebenskraft, die sich nach langer Unterdrückung frei austoben will. So war Billy durch Anlage und Schicksal eigentlich ein richtiger Barbar geblieben, wie Adam, ehe die vielgewandte Schlange sich in seine Gesellschaft schmeichelte.

Hier möge man mir eine Bemerkung erlauben, die offenbar die heute so gut wie vergessene Lehre vom Sündenfall bekräftigt: daß sich nämlich unter dem Mantel der Zivilisation gewisse ursprüngliche Tugenden erhalten können, die nicht aus Gewohnheit und Überlieferung stammen, sondern im Gegenteil aus einer völligen. Unbekanntschaft mit beiden, so daß sie wie ein Rätsel aus jener Urzeit herüberwirken, da Kain die erste Stadt, und diese Stadt ihre ersten Städter schuf.

Obschon unser hübscher Matrose so männlich und wohlgeraten war wie man nur wünschen konnte, so hatte er doch, ähnlich wie jene schöne junge Frau in einer von Hawthorne's kleinen Erzählungen einen Fehler – freilich keinen sichtbaren wie jene Damen, sondern einen, gelegentlich sich zeigenden, Sprachfehler. Tobten die Elemente und drohten Gefahren, so war er der Unerschrockenste von allen; aber eine plötzliche Gemütswallung konnte seine Stimme, die sonst seltsam musikalisch war, unsicher und stockend machen – mit einem Wort: es war ein Stottern, wenn nicht noch Schlimmeres.

Das Eingeständnis einer solchen Schwäche unseres hübschen Matrosen möge beweisen, daß wir ihn keineswegs als den üblichen Helden vorstellen, und daß auch die Geschichte, in der ihm die Hauptrolle zufällt, keine Erfindung des Dichters ist.

Drittes Kapitel

Zur Zeit von Billy Budds ungesetzlicher Anwerbung befand sich die *Indomitable* auf der Fahrt zur Mittelmeerflotte. Das Zusammentreffen ließ nicht lange auf sich warten. Als eine ihrer Einheiten nahm der Dreidecker an allen Bewegungen der Flotte teil, obwohl er bisweilen wegen seiner hohen seglerischen Leistungen und bei dem Mangel an Fregatten für besondere Erkundungsaufgaben reklamiert wurde oder gelegentlich auch langwierigere Aufträge erhielt. Indessen hat unsere Erzählung damit wenig zu tun, da sie sich lediglich mit dem inneren Leben eines einzelnen Schiffes und mit dem Schicksal eines einzelnen Matrosen befaßt.

Es war im Sommer des Jahres 1797. Im April hatte sich kurz zuvor die Verschwörung zu Spithead ereignet, auf welche dann im Mai bei Nore ein zweiter und noch bedrohlicherer Aufruhr in der Flotte ausbrach.

Letzterer ist in der Geschichte als die *Große Meuterei* bekannt, ohne daß das Beiwort übertriebe. In der Tat war diese Demonstration für England bedrohlicher als all die zeitgenössischen Manifeste des französischen Direktoriums und als die Eroberungs- und Propagandazüge seiner Armeen.

Die Meuterei bei Nore war für England so bedrohlich, wie es ein Streik der Feuerwehr bei einer allseitigen Brandstiftung für London gewesen wäre. Damals kam es zu einer Krise, in der das Königreich das berühmte Nelson'sche Kommando dringend hätte brauchen können, welches einige Jahre später die ganze Linie der Schlachtschiffe entlang lief und ihnen verkündete, was England in solcher Lage von allen Engländern erwarte.

In einem so bedenklichen Augenblick hißten die Blaujacken zu Tausenden an den Masten der Dreidecker und Fregatten, die auf unserer eigenen Reede ankerten, – und diese Flotte war der rechte Arm der damals einzigen konservativen Macht der alten Welt, – damals hißten die Blaujacken unter Hurra die britische Flagge, aus der sie die Gösch mit dem Unionskreuz entfernt hatten; durch diese Verstümmelung verwandelten sie die Flagge gegründeten Rechts und geregelter Freiheit in das rote Meteor des Feindes, welches die hemmungslose Revolte verkündete. Eine berechtigte Unzufriedenheit mit wirklichen Übelständen in der Flotte war zu sinnloser Feuersbrunst entzündet worden durch die glimmenden Funken, die vom brennenden Frankreich über den Kanal geweht waren.

Natürlich übergehen die Marinehistoriker eine solche Episode in der großen Flottenüberlieferung der Insel. Einer von ihnen, G. P. R. James, gibt offen zu, daß er sie gern ganz unterschlagen würde, wenn nicht Unparteilichkeit solche Überempfindlichkeit verböte. Er erwähnt sie denn auch, aber seine Erzählung ist eine bloße Mitteilung, ohne irgendwelche Einzelheiten, die man übrigens auch in den Bibliotheken nicht leicht finden würde.

Die *Große Meuterei* war, wie gewisse andere Ereignisse, die zu allen Zeiten und in allen Staaten – Amerika nicht ausgenommen –

passieren, so peinlich, daß Nationalstolz und politische Rücksichten alles taten, um sie in den Hintergrund zu drängen. Solche Geschehnisse können jedoch nicht ganz verschwiegen werden; und es gibt auch einen vernünftigen Weg, historisch über sie zu berichten. Wenn ein angesehener Mensch sich scheut, peinliche oder unehrenhafte Umstände in seiner Familie an die große Glocke zu hängen, so darf eine Nation in der gleichen Lage ohne Vorwurf die gleiche Diskretion für sich beanspruchen.

Nach einigem Verhandeln zwischen Regierung und Rädelsführern und unter Zugeständnissen der ersteren hinsichtlich gewisser schreiender Mißbräuche wurde der erste Aufstand bei Spithead nur mühsam niedergeschlagen, so daß für einige Zeit Ruhe herrschte. Allein das unvorhergesehene Aufflammen der Unruhen bei Nore, die einen noch größeren Umfang annahmen und sich während der eingeleiteten Verhandlungen als noch gefährlicher erwiesen durch neue Forderungen, die die Regierung nicht nur für unannehmbar, sondern für schlechthin aufreizend und unverschämt erklärte, zeigte deutlich, wenn es die rote Flagge nicht schon getan hätte, wes Geistes Kind diese Leute waren. Immerhin gelang die endgültige Unterdrückung des Aufstandes – vielleicht nur durch die unerschütterliche Loyalität des Offizierkorps und durch die freiwillige Rückkehr zum Gehorsam seitens einiger einflußreicher Teile der Besatzung. Man kann daher die Norer Meuterei in gewisser Hinsicht mit dem ansteckenden Fieberanfall eines sonst gesunden Körpers vergleichen, der den Krankheitsstoff gleich wieder ausscheidet.

Auf alle Fälle waren unter den Tausenden von Meuterern auch jene Blaujacken, die bald darauf, ob aus Patriotismus oder bloßer Kampflust oder auch aus beiden Gründen, am Nil für Nelson eine Krone gewannen und eine andere bei Trafalgar: die höchste aller Kronen, die je zur See gewonnen wurden. Diese Schlachten, zumal Trafalgar, bedeuteten volle Vergebung für die Meuterer und eine glänzende Bewährung obendrein; denn nichts ist so heldenhaft und großartig wie eine Seeschlacht. Und diese Schlachten haben in den Annalen der Geschichte nicht ihresgleichen.

Viertes Kapitel

Man kann sich beim Schreiben noch so sehr vornehmen, auf der Hauptstraße zu bleiben – gewisse Seitenwege haben eine Verlockung, der man nur schwer widerstehen kann. Und so bin ich im Begriff, mich durch den Genius Nelsons auf einen solchen Nebenpfad verleiten zu lassen. Will der Leser mir Gesellschaft leisten, so soll's mich freuen. Wir dürfen uns wenigstens jenes Vergnügen davon versprechen, das, wie die Ruchlosigkeit zu sagen pflegt, »in der Sünde liegt«; denn eine literarische Sünde wird unsere Abschweifung sicherlich sein.

Zweifellos ist es keine neue Entdeckung, daß die Erfindungen unserer Tage schließlich auch den Seekrieg ebenso grundlegend verändert haben, wie die europäische Kriegführung zu Lande sich durch die Einführung des Pulvers aus China nach Europa entscheidend wandelte.

Die erste europäische Schießwaffe, ein plumpes Instrument, wurde, wie bekannt, von den meisten Rittern als ein verächtliches Gerät lächerlich gemacht, allenfalls gut genug für Leinenweber, die zu feige waren, das Schwert im freien Kampf zu ziehen. Aber wie zu Lande ritterliche Tugend nicht mit den Rittern verschwunden ist, obschon sie ihren Wappenglanz verlor, so auch zur See, wo freilich eine gewisse Galanterie des Kampfes infolge der veränderten Umstände veraltete und verschwand, während die hohen Eigenschaften der großen Seehelden wie Don Juan d'Austria, Doria, Van Tromp, Jean Bart, der langen Reihe britischer Admirale und der amerikanischen Decaturs von 1812 keineswegs mit ihren »hölzernen Mauern« in Vergessenheit geraten sind.

Und so sollte jemand, der die Gegenwart nach ihrem Wert schätzt, ohne darum die Vergangenheit in ihren Vorzügen zu schmälern, Verzeihung finden, wenn er das einsame, abgetakelte Wrack bei Portsmouth, Nelsons altes Schiff Victory, nicht nur als ein verfallendes Denkmal unvergeßlichen Ruhms betrachtet, sondern auch als einen stummen Vorwurf gegen die heutigen Monitore und die noch gewaltigeren europäischen Eisenkolosse, weil sie häßlich sind und ohne die großen harmonischen Linien der alten Kriegsschiffe.

Vielleicht gibt es den einen und andern, der trotz einem gewissen Verständnis für diesen mehr poetischen Vorwurf sich doch dagegen zur Wehr setzt, nur um die neuen Verhältnisse zu verteidigen – auch wenn er dabei zum Bilderstürmer werden muß.

Um ein Beispiel zu geben: diese kriegerischen Prosaiker wären imstande, beim Anblick jenes Sterns, der auf dem Deck der *Victory* die Stelle bezeichnet, wo der große Seeheld fiel, Erwägungen anzustellen, daß Nelsons Auftreten während der Seeschlacht im vollen Schmuck seiner Uniform und seiner Orden nicht nur unnötig war, sondern geradezu unmilitärisch, um nicht zu sagen eitel und tollkühn.

Sie können auch noch weiter gehen und sagen, er habe bei Trafalgar den Tod herausgefordert, und der Tod sei gekommen; und wäre der siegende Admiral nicht so prahlerisch gewesen, so hätte er vielleicht die Schlacht überlebt und hätte, statt daß sein Nachfolger im Kommando die letzten wichtigen Befehle über den Haufen warf, selber die zerstreute Flotte sammeln und ankern lassen können, nachdem die Entscheidung gefallen war. Hierdurch wären die bedauerlichen Verluste durch Schiffbruch vermieden worden, die nach dem Kriegssturm der Sturm der Elemente anrichtete.

Alle »Wenn« und »Aber« sind jedoch stets ein schwankender Grund für Folgerungen. Und in der Kunst, den günstigsten Ausgang eines Treffens vorauszusehen und sorgfältig vorzubereiten, – wie etwa bei Kopenhagen, wo der Todesweg auf der Karte festgelegt und mit Bojen bezeichnet war, – in dieser Kunst war jener Mann, der seine Person so tollkühn den Kugeln aussetzte, der unermüdlichste und umsichtigste Meister.

Vorsicht mit der eigenen Person, auch wenn sie ganz andere als selbstische Gründe hat, ist sicherlich keine typische Soldatentugend; eine leidenschaftliche Ruhmbegierde aber, die das Pflichtgefühl zur höchsten Leistung treibt, steht über allen andern.

Wenn der Name Wellington das Blut nicht so in Wallung bringt wie der schlichtere Name Nelson, so sind die Gründe dafür in dem oben Gesagten zu finden. Alfred Tennyson wagt es in seiner Trauerode auf den Sieger von Waterloo nicht, ihn den größten Soldaten aller Zeiten zu nennen; aber in der gleichen Ode nennt er Nelson den größten Seemann seit Anfang der Welt.

Kurz vor Beginn der Schlacht bei Trafalgar setzte Nelson sich hin, um seine letzten Wünsche und sein Testament niederzuschreiben. Wenn er darauf in der Vorahnung des triumphalen Sieges, den sein eigener Tod krönen sollte, in einem priesterlichen Gefühl seine Per-

son mit all den juwelenen Zeugen seiner glänzenden Taten bekleidete und sich so für den Altar als das Opfer schmückte – und dies,
alles bloß aus Prahlerei und kleinlicher Ruhmsucht, dann ist jeder
Vers der großen Epen und Dramen nur Eitelkeit und Geschwätz.
Denn was tut der Dichter anderes als eben diesen Schwung der
Seele in Verse zu gießen, den eine Natur wie Nelson, wenn die Gelegenheit es will, in Taten verwandelt.

Fünftes Kapitel

Die Meuterei bei Nore wurde erstickt, aber nicht alle Übelstände
wurden beseitigt: Zwar durften die Lieferanten der Flotte nicht
länger löcherige Wäsche oder ungesunde und falsch gewogene
Lebensmittel liefern, wie sie es von jeher getan haben; das Pressen
aber ging lustig weiter. Diese Methode, die Flotte zu bemannen, als
Jahrhunderte alter Brauch bewährt und noch in jüngster Zeit durch
den Lordkanzler Mansfield gerichtlich anerkannt, dann aber in
unseren Tagen außer Übung gekommen obschon niemals offiziell
verworfen, konnte in jenen Jahren beim besten Willen nicht aufgegeben werden. Man hätte sonst die unentbehrliche Flotte zum
Krüppel geschlagen, zumal sie nur Segler kannte und keinerlei
Dampfkraft, so daß ihre tausend Segel und Kanonen, überhaupt
alles und jedes allein durch Muskelkraft bedient werden mußte. Es
kam hinzu, daß diese Flotte doppelt unersättlich in ihrem Mann-
schaftshunger war, weil sie damals ihre sämtlichen Schiffsklassen
verstärkte, um gegen alle Möglichkeiten, gegenwärtige wie künfti-
ge, gesichert zu sein, die den erschütterten Kontinent bedrohten.

Unzufriedenheit hatte die beiden Aufstände verursacht, und
mehr oder minder gärte sie im geheimen weiter. Daher war es nicht
unbegründet, wenn man ein vereinzeltes oder gar allgemeines Auf-
flackern der Unruhen befürchtete.

Ein Beispiel: im Jahre dieser Erzählung erhielt Nelson, damals Vi-
zeadmiral Sir Horatio, während die Flotte vor Spaniens Küsten auf
hoher See lag, den Befehl des Admirals, seine Kommandoflagge von
der *Captain* auf die *Theseus* zu übertragen, und zwar weil letzteres
Schiff frisch aus der Heimat kam, wo es sich an der »Großen Meuterei« beteiligt hatte, weswegen man Übles von der Stimmung der
Leute befürchtete. Man hielt Nelson für den einzigen Offizier, der
durch seine bloße Gegenwart die Mannschaften zwar keineswegs

zu niederer Unterwerfung, wohl aber zu loyalem Gehorsam zurückbringen könnte. Seine eigene Begeisterung konnte er freilich nicht übertragen.

So herrschte damals auf mehr als einem Achterdeck eine gewisse Nervosität. Auf See verdoppelte man vorsorglich alle Maßnahmen gegen ein neues Aufflammen der Unruhen; denn jeden Augenblick konnte man auf den Feind stoßen, in welchem Falle die Batterieoffiziere die peinliche Pflicht hatten, mit gezogenem Degen hinter den arbeitenden Kanonieren zu stehen.

Freilich an Bord der *Indomitable*, wo jetzt Billy's Hängematte hing, hätte ein beliebiger Beobachter weder im Benehmen der Mannschaft noch in der Haltung der Offiziere ein Anzeichen bemerken können, das auf die erst jüngst beendete »Große Meuterei« gedeutet hätte.

Im allgemeinen formen die Offiziere eines Kriegsschiffes die Art ihres Auftretens wie ihren Charakter von selber nach dem Vorbild des Kommandanten, wofern er jene Überlegenheit besitzt, die man von ihm erwarten darf.

Der Ehrenwerte Kapitän Edward Fairfax Vere, um ihn mit seinem vollen Titel zu nennen, war ein Junggeselle in den Vierzigern und ein bedeutender Seemann, selbst für jene an berühmten Seehelden so reiche Zeit. Obschon er dem höheren Adel angehörte, so war seine Karriere doch keineswegs nur den damit verbundenen Einflüssen zuzuschreiben. Er hatte eine lange Dienstzeit hinter sich, war bei den verschiedensten Gefechten dabei gewesen und hatte sich als ein Offizier bewiesen, der stets um das Wohlbefinden seiner Leute besorgt war, aber keinerlei Bruch der Disziplin duldete. Die Wissenschaft seines Berufs kannte er bis ins Letzte und war dabei furchtlos bis zur Tollkühnheit, ohne daß er darum je unüberlegt gehandelt hätte.

Für seine Tapferkeit hatte er als Flaggleutnant unter Admiral Rodney bei dessen glänzendem Sieg im Westindischen Ozean über De Grasse den Kapitänsrang erhalten.

An Land und in Zivil hätte ihn keiner so leicht für einen Seemann gehalten, zumal er niemals nautische Fachausdrücke in sein Gespräch mischte und überdies bei seinem ernsten Wesen wenig Geschmack für bloße Witzeleien zeigte. Es stimmte mit diesen Zügen sehr wohl überein, daß er zum Beispiel während einer Überfahrt, wo nichts seine letzte Entscheidung verlangte, der unscheinbarste Mensch war. Eine Landratte, die diesen Mann von mittlerer Gestalt und ohne ein auffallendes Abzeichen aus seiner Kabine hätte an Deck kommen und die Offiziere mit schweigender Ehrerbietung sich nach Lee zurückziehen sehen, würde ihn leicht für einen Gast des Königs gehalten haben, etwa für einen geheimen Gesandten in hoher Mission, der sich auf dem Weg zu einem bedeutenden Posten befand.

Wahrscheinlich entsprang diese Unauffälligkeit seines Benehmens einer gewissen männlichen Bescheidenheit, die sich manchmal bei entschlossenen Naturen findet und sich stets bezeugt, solange keine ausgesprochen feierlichen Handlungen von ihr erwartet werden. Sie ist in allen Klassen der Gesellschaft eine ausgesprochen aristokratische Tugend.

Obschon Kapitän Vere in allen Lagen ein durchaus praktischer Mann war, hatte er doch zuzeiten eine gewisse träumerische Art, wie man sie auch bei anderen Männern findet, die, wie er, einen mehr oder minder heroischen Beruf in dieser Welt versehen. Er pflegte oft allein auf der Kommandobrücke zu stehen, sich am Geländer festzuhalten und abwesend über das dunkle Meer zu starren. Unterbrach dann jemand mit einer gleichgültigen Angelegenheit den Lauf seiner Gedanken, so war er gereizt, beherrschte sich aber stets sofort.

In der Flotte kannte man ihn allgemein als ›Sternen‹-Vere. Der solide, aber bei aller Fähigkeit keineswegs glänzende Mann war auf folgende Weise zu diesem Namen gekommen: Lord Dalton, ein Verwandter, dessen offenes Wesen ihm besonders gefiel, hatte ihm nach der Westindischen Expedition bei seiner Rückkehr nach England als erster gratuliert. Er hatte gerade den Tag zuvor in einem Bande von Andrew Marvells Gedichten geblättert und hatte, freilich nicht zum erstenmal, das Gedicht Appleton House gelesen. Es trug den Namen nach dem alten Sitz eines gemeinsamen Vorfahren, der sich in den deutschen Kriegen des siebzehnten Jahrhunderts ausgezeichnet hatte. Dies ist eine seiner Strophen:

»Und also wuchs er früh heran
im Heimatschloß zu einem Mann;
in strenger Zucht des edlen alten
Fairfax, des »Sternen«-Vere, gehalten.«

Als nun sein Vetter frisch von dem Siege unter Rodney, wo er sich so tapfer gehalten hatte, heimkam, schloß Lord Dalton ihn in die Arme und rief überströmend vor Stolz auf den Seehelden der Familie: »Grüß dich, Edward! Grüß dich, mein »Sternen«-Vere!« Diese Worte verbreiteten sich; und das Beiwort, das die Familie sogleich aufgriff, um den Kapitän der *Indomitable* von einem andern Vere zu unterscheiden, einem älteren entfernten Verwandten, der den gleichen Rang in der Flotte bekleidete, heftete sich für immer an seinen Namen.

Sechstes Kapitel

Im Hinblick auf die Rolle, die der Kommandant der *Indomitable* in den nun folgenden Szenen spielt, dürfte es sich wohl lohnen, die im letzten Kapitel begonnene Skizze weiter auszuführen.

Kapitän Vere war, unabhängig von seinen Fähigkeiten als Seeoffizier, ein eigentümlicher Charakter. Anders als die meisten berühmten englischen Seeleute hatte ihn der lange, schwere und mit seltener Treue getane Dienst weder völlig ausgefüllt noch durch und durch »gesalzen«. Er hatte sich eine ausgesprochene Neigung für alle geistigen Dinge erhalten, liebte Bücher und ging nie in See ohne eine neu aufgefüllte Bibliothek, die nur die besten Werke enthielt. So war für ihn die einsame und oft so ermüdende Muße, der ein Kommandant bisweilen selbst auf Kriegsfahrten ausgesetzt ist, niemals lästig.

Jener literarische Geschmack, dem die Form der Mitteilung wichtiger ist als ihr Inhalt, war ihm völlig fremd; er liebte daher solche Bücher, die jedem überlegenen und nachdenklichen Mann, der in der Welt einen bedeutenden und einflußreichen Posten versieht, von Natur aus gefallen: Bücher über wirkliche Menschen und Begebenheiten aus jeder erdenklichen Zeit, Geschichte, Biographien und besonders jene unbefangenen Schreiber, die wie Montaigne frei von Heuchelei und Konvention, ehrlich und gemeinverständlich über die Wirklichkeit philosophieren.

In dieser Freude am Lesen fand er viele seiner eigenen und ge-
heimeren Gedanken bestätigt, wonach es ihn in geselliger Unterhaltung vergeblich verlangt hatte. Es hatten sich auf solche Weise einige grundsätzliche und positive Überzeugungen ihm gebildet; und
er wußte, daß sie sich, solange nur sein Verstand gesund blieb, im
wesentlichen nicht mehr ändern würden. Das war für ihn bei der
bescheidenen Stellung, die ihm sein Los zugewiesen hatte, ein
Glück. Seine festen Ansichten schützten ihn wie ein Deich gegen die
eindringenden Wasser der neuen sozialen, politischen und sonsti-
gen Anschauungen, welche damals so viele, ihm keineswegs unter-
legene Köpfe wie in einem Wirbel mit sich rissen.

Während andere Mitglieder der Aristokratie, zu der auch er
durch seine Geburt zählte, die Umstürzler vor allem befehdeten,
weil ihre Theorien die herrschenden Klassen bedrohten, verwarf
Kapitän Vere sie ohne Voreingenommenheit, da er glaubte, sie seien
unfähig, dauerhafte Einrichtungen zu schaffen, und außerdem eine
Gefahr für den Frieden der Welt und das Glück der Menschen. Einige Offiziere seines Rangs, die weniger ernst und weniger belesen
waren, mit denen er aber notgedrungen zeitweise verkehren mußte,
nannten ihn einen trockenen Bücherwurm, dem es nach ihrer An-
sicht ganz an geselligen Talenten fehlte.

Verließ er einmal ihren Kreis, so konnte man hinter ihm her Be-
merkungen hören wie diese: »Sehr ordentlicher Mann, der »Sternen«-Vere. Sir Horatio ist trotz allem Zeitungsgerede im Grunde
kein besserer Seemann und Soldat. Aber, unter uns, hat er nicht eine
merkwürdig pedantische Ader? Sie läuft durch den ganzen Mann
wie der Königsfaden durch unsere Schiffstaue!«

Diese Art vertraulicher Kritik hatte ihren guten Grund; denn
nicht nur daß der Kapitän in den Unterhaltungen niemals in einen
jovial-gemütlichen Ton verfiel, er konnte auch, um irgendwelche
aufregenden Ereignisse und' Persönlichkeiten der Zeit zu beleuchten, mit derselben Leichtigkeit ein historisches Beispiel der Antike
anführen wie irgendein modernes. Er schien dann zu vergessen,
daß solche entlegenen Anspielungen – sie mochten noch so richtig
sein – völlig unverständlich für seine einfacheren Kameraden bleiben mußten, deren Lektüre sich meistens auf die Zeitung be-
schränkte. Aber Überlegungen dieser Art liegen solchen Naturen

wenig. Ihre Ehrlichkeit fliegt geradeaus und fliegt weit, ohne sich umzusehen, wie ja ein Zugvogel auf seinem Fluge auch nicht die Landesgrenzen unter sich beachtet.

Siebtes Kapitel

Es ist nicht nötig, hier die Leutnants und anderen Offiziere aus Kapitän Vere's Stab zu beschreiben; noch brauchen wir irgendeinen von den Deckoffizieren zu erwähnen.

Es befand sich aber unter den Unteroffizieren einer, der eine wichtige Rolle in dieser Geschichte spielen wird, und den ich darum schon jetzt erwähne. Ich werde seine Schilderung versuchen, aber ganz wird sie mir nie gelingen. Dieser Mann war John Claggart, der Waffenmeister. Der Titel mag für Landratten etwas Zweideutiges haben. Ursprünglich hatte dieser Unteroffizier ohne Zweifel die Leute im Gebrauch der Waffen, Schwert oder Dolch, zu unterrichten. Aber schon seit langem ist dies anders geworden, seit durch den Gebrauch der Feuerwaffen Nahkämpfe immer seltener wurden und Schwefel und Stickstoff den Stahl verdrängten. Der Waffenmeister verwandelte sich in eine Art Polizeichef, dem unter anderen Pflichten die Sorge für die Ordnung in den dichtbelegten Mannschaftsdecks oblag.

Claggart war ein Mann von etwa fünfunddreißig Jahren, ziemlich mager und groß, aber im ganzen nicht uneben gewachsen. Seine Hand war zu schmal und fein, als daß sie grobe Arbeit vertragen hätte. Das Gesicht fiel auf, da alle seine Züge, bis auf das Kinn, so rein geschnitten waren wie auf einer griechischen Gemme; das bartlose Kinn jedoch erinnerte in seiner plumpen und vorspringenden Form an die Bildnisse des berühmten Intriganten Reverend Dr. Titus Oates mit der schleppenden Klerikerstimme, der unter Karls II. Regierung sein Unwesen trieb und auch an dem betrügerischerweise den Katholiken zugeschobenen »Päpstlichen Komplott« beteiligt war.

Es nützte Claggart in seinem Amte, daß seine Stimme einen strengen Ausdruck annehmen konnte. Seiner Stirn hätte ein Phrenologe einen mehr als durchschnittlichen Intellekt zugeschrieben; schwarze seidige Locken, die sie zum Teil bedeckten, unterstrichen die bleiche Farbe des Gesichts, die etwas vom Bernstein hatte, ähnlich wie die Tönung alter Marmorfiguren. Man konnte diese Hautfarbe, die so auffällig von den roten oder dunkelbraunen Gesichtern der Seeleute abstach und teilweise eine Folge seines von der Sonne abgeschlossenen Dienstes war, nicht unbedingt häßlich nennen; sie schien aber doch auf eine ungesunde und abnorme Verfassung seines Blutes zu deuten. Dagegen verrieten Claggarts Auftreten und Manieren unverkennbar eine Kinderstube und eine Karriere, die nicht zu seiner Tätigkeit auf dem Schiff paßten, so daß er, wenn er nicht gerade im Dienst tätig war, eher aussah wie ein Mann von hohen moralischen und sozialen Gaben, dem es aus persönlichen Gründen gefiel, inkognito zu bleiben.

Über sein früheres Leben war nichts bekannt. Möglicherweise war er ein Engländer; aber ein gewisser Akzent in seiner Aussprache ließ vermuten, daß er es nicht von Geburt sei, sondern durch Naturalisation in früher Kindheit.

Ein paar graubärtige Schwätzer vom Kanonendeck und vom Vorderdeck ließen das Gerücht nicht sterben, daß der Waffenmeister ein Adliger sei, der sich durch Beziehungen eine Stelle in der Marine habe sichern können, nachdem er für eine geheimnisvolle Schwindelei vors Gericht gekommen sei. Daß niemand über dieses Gerücht etwas Tatsächliches beibringen konnte, hinderte natürlich keineswegs seine versteckte Verbreitung. Kamen solche Redereien einmal im Kanonendeck auf und hängten sich an irgend jemand, der unter dem Range eines Offiziers stand, so konnten sie in der damaligen Zeit unter den alten verwitterten Seebären einer Kriegsschiffsbesatzung stets auf Glauben rechnen, besonders wenn ein so gebildeter Mann wie Claggart plötzlich in reiferen Jahren ohne alle nautische Erfahrung in die Marine eintrat und natürlich mit der niedrigsten Stellung begann. Ein Mann, der niemals etwas über sein früheres Leben an Land verlauten ließ! – das mußte, da keiner Genaueres über seine Vergangenheit wußte, der Mißgunst Tor und Tür für gehässige Nachrede öffnen.

Immerhin hatten diese vagen Reden, mit denen die Leute während der Nachtwachen sich die Zeit vertrieben, einiges für sich, weil damals die britische Flotte eine Zeitlang nicht eben wählerisch sein konnte, wenn sie ihre Musterrollen voll haben wollte; nicht nur wurde ganz öffentlich zu Lande wie zur See weiter gepreßt, man machte auch kaum ein Hehl daraus,, daß die Londoner Polizei jeden

Verdächtigen, wenn er nur kräftig genug war, kurzerhand auf die Werft oder an Bord verfrachtete.

Selbst unter den Freiwilligen gab es so manche, die sich weder aus einer patriotischen Wallung, noch auch aus Lust am Seeleben und an Kriegsabenteuern gemeldet hatten. Kleine Schuldner, die nicht zahlen konnten, und allerhand unsichere Kantonisten fanden in der Flotte eine willkommene und sichere Zuflucht. Sicher: weil sie, einmal an Bord eines königlichen Schiffes, geschützt waren wie die Übeltäter des Mittelalters, die sich an den Altar der Kirche retteten.

Solche geheiligten Übelstände, denen die Regierung aus naheliegenden Gründen damals nicht entgegentreten mochte, und die längst vergessen sind, zumal sie nur die wehrloseste Menschenklasse trafen, machen auch folgende Behauptung nicht ganz unwahrscheinlich, für deren Wahrheit ich dennoch nicht bürgen will, und die ich darum nicht ohne Bedenken erzähle. Ich erinnere mich, sie irgendwo gelesen zu haben, habe aber das Buch vergessen. Dieselbe Sache wurde mir dann auch erzählt, und zwar vor mehr als vierzig Jahren von einem alten Pensionär, der einen Dreispitz auf dem Kopf trug, und mit dem ich auf der Terrasse von Greenwich eine höchst interessante Unterhaltung hatte. Er war ein Neger aus Baltimore und hatte Trafalgar mitgemacht.

Es handelt sich um folgendes. Wenn damals ein Kriegsschiff knapp an Leuten war und dabei in aller Eile in See gehen mußte, so besorgte es sich die fehlende Mannschaft direkt aus den Gefängnissen. Es würde freilich aus den erwähnten Gründen nicht leicht sein, diese Behauptung heute zu beweisen oder gar zu widerlegen. Nimmt man sie aber einmal für wahr: wie beleuchtet sie dann die damaligen Schwierigkeiten Englands, das sich von all den Kriegen bedroht sah, die wie ein Schwarm Harpyien sich schreiend aus dem Lärm und Staub der gestürzten Bastille erhoben.

Jene Zeit erscheint uns, die wir auf sie zurückblicken, und sie nur aus Büchern kennen, einigermaßen klar. Den Großvätern aber von uns Graubärten, soweit sie nachdenklich waren, erschien der Geist jener Epoche wie »Camoes« ,»Geist des Kap«: als eine dunkle, geheimnisvolle und unbegreifliche Drohung.

Selbst Amerika war nicht frei von Befürchtungen. Als Napoleons unvergleichliche Eroberungen ihren Gipfel erreicht hatten, gab es Amerikaner, die bei Bunker Hill gefochten hatten und nun zweifelten, ob der Stille Ozean einen genügenden Wall bilden würde gegen die letzten äußersten Absichten dieses erstaunlichen Emporkömmlings, der, aus revolutionärem Chaos auftauchend, das prophezeite Gericht der Apokalypse zu erfüllen schien.

Was nun das Gerede des Kanonendecks über Claggart betrifft, so durfte man ihm um so weniger Glauben schenken, als ein Mann, der seine Stellung an Bord eines Kriegsschiffes versah, niemals hoffen konnte, bei der Mannschaft populär zu werden. Außerdem sind Seeleute, die gegen jemand einen Groll haben oder ihn, ob mit oder ohne Grund, nicht leiden mögen, kaum anders als Landratten: sie übertreiben oder erfinden.

Die Blaujacken der *Indomitable* wußten ungefähr ebensoviel über die Karriere des Waffenmeisters vor seinem Eintritt in die Marine wie die Astronomen über die Bahn eines Kometen, ehe er zum erstenmal am Himmel erscheint. Das Urteil dieser schwatzlustigen Matrosen erwähne ich nur, um zu zeigen, welchen Eindruck der Mann auf rohe und ungebildete Naturen machte, die von menschlicher Schlechtigkeit begreiflicherweise nur die beschränktesten Vorstellungen hatten, welche über die gewöhnlichste Gemeinheit nicht hinausgingen, – so zum Beispiel: seine Kameraden zu bestehlen, während sie Nachtwache haben, oder den Matrosen an Land ihre paar Groschen abzuschwindeln oder sie sonstwie auszunehmen.

Es war jedoch kein Gerede, sondern Wahrheit, daß Claggart bei seinem Eintritt in die Marine als Neuling die allerniedrigsten Dienste zu verrichten hatte; aber er blieb nicht lange dabei. Seine überlegene Intelligenz, die sich bald zeigte, seine ständige Nüchternheit, seine einschmeichelnde Höflichkeit gegen Vorgesetzte und ein besonderes Talent zum Spionieren, das er bei einer gewissen Gelegenheit bewies, und schließlich als Krone des Ganzen ein strenger Patriotismus, verschafften ihm plötzlich die Stellung eines Waffenmeisters.

Die sogenannten Schiffskorporale waren die unmittelbaren und gelehrigen Untergebenen dieses Polizeichefs zur See – willfährig bis zu einem Grade, der sich mit einem freien moralischen Entschluß kaum noch verträgt, was man übrigens auch bei gewissen Institutionen an Land beobachten kann. Diesem Marine gab seine Stellung die verschiedensten unterirdischen Fäden in die Hand, durch die er, wenn seine Kreaturen geschickt vorgingen, jeden einzelnen aus der Schiffsgemeinschaft in geheimnisvollem Unbehagen halten, aber auch mit Schlimmerem bedrohen konnte.

Achtes Kapitel

Das Leben eines Vortoppmanns gefiel Billy Budd. Die Leute im Vormast, ausgesucht junge und geschickte Burschen, bildeten, wenn sie nicht gerade oben in den Rahen zu tun hatten, eine hochmütige Gesellschaft, die auf ihren Kissen aus aufgerollten Beisegeln bequem herumlag und zufrieden wie die Götter Geschichten spann oder zu dem geschäftigen Treiben auf Deck ihre Glossen machte. Kein Wunder, daß eine solche Gesellschaft einem Jungen wie Billy behagte. Er war immer bereit, wenn er gerufen wurde, und gab niemand Anlaß zur Unzufriedenheit.

So war es schon auf dem Handelsschiff gewesen; jetzt aber nahm er seine Pflichten so pünktlich, daß seine Kameraden gelegentlich in gutmütiger Weise über ihn lachten. Dieser besonders bereitwillige Eifer hatte seinen Grund in dem Eindruck, den die erste dienstliche Züchtigung am Fallreep auf ihn machte, der er gleich am Tage nach seiner zwangsweisen Anmusterung zusehen mußte. Die Strafe hätte eines jungen Menschen getroffen, einen Neuling, der als Achterdeckswache nicht auf seinem Posten war, als das Schiff wendete, wodurch das Manöver stark behindert wurde; denn es kommt dabei auf promptes Schießenlassen und Einholen der Taue an. Als Billy sah, wie sich der nackte Rücken des Delinquenten unter den Peitschenhieben mit roten Striemen bedeckte; und als er dann auch noch den schmerzverzogenen Ausdruck im Gesicht des Losgebundenen sah, der mit seinem Wollhemd, das der Profoß ihm zuwarf, fortstürzte, um sich in der Menge zu verbergen, da überkam Billy ein Entsetzen. Er beschloß, sich niemals durch eine Nachlässigkeit solche Strafe zuzuziehen und überhaupt nichts zu tun und zu unterlassen, was ihm auch nur einen mündlichen Vorwurf eintragen könnte.

Um so größer war seine Überraschung und seine Angst, als er sich gelegentlich Unannehmlichkeiten zuzog, weil sein Gepäcksack nicht richtig verstaut oder seine Hängematte nicht in Ordnung war. Die Aufsicht über diese Dinge war Sache der Schiffskorporale des Zwischendecks, und einer von ihnen äußerte eine undeutliche Drohung gegen ihn.

Wie konnte das zugehen, wo er in allem so sorgsam war? Er begriff es nicht, und es quälte ihn unablässig. Wenn er mit seinen jungen Kameraden darüber sprach, so wollten sie es entweder nicht recht glauben oder amüsierten sich über seine unverhohlene Ängstlichkeit.

»Ist dies dein Sack, Billy?« sagte einer; »dann näh dich nur selber ein, damit du dabei bist, wenn einer drangeht.«

Nun gab es an Bord einen Veteranen, der erst vor kurzem, weil seine Jahre anfingen ihn bei schwerer Arbeit zu behindern, einen Posten beim Großmast bekommen hatte und auf das Tauwerk, das an der Reling belegt war, achten mußte. Mit ihm hatte sich der Toppmatrose in seinen freien Stunden ein wenig angefreundet; und so kam ihm jetzt in seiner Not der Gedanke, jener möchte der rechte Mann sein für einen klugen Rat.

Der Alte war ein Däne, aber schon seit langem im Dienst Engländer geworden. Ein Mann von wenig Worten, zahllosen Falten und einigen ehrenvollen Narben. Sein verwittertes Gesicht, das durch Zeit und Wetter das Aussehen alten Pergaments angenommen hatte, war durch die unzeitige Explosion einer Gewehrkartusche hier und da blau gepfeffert. Er war einer der *Agamemnon*-Leute und hatte zwei Jahre vor dieser Erzählung unter Nelson, damals noch Sir Horatio, auf diesem Schiff gedient, dessen Gedächtnis in den Marineannalen unsterblich weiterlebt. Beim Entern eines feindlichen Schiffes hatte er quer über Schläfe und Wange einen Hieb bekommen, von dem eine lange blasse Narbe zurückgeblieben war, die wie ein Strahl Morgenlicht über seine dunkle Haut lief. Wegen dieser Narbe, von der jeder wußte, bei welcher Gelegenheit er sie erhalten hatte, wie auch wegen seines blau gesprenkelten Gesichts, hieß der Däne bei der ganzen Mannschaft nur der ›Narbige‹.

Als seine blinzelnden Wieselaugen zum erstenmal auf Billy Budd fielen, verzog ein grimmes heimliches Vergnügen all seine alten Falten zu einer sardonischen Maske. Witterte er mit der sonderbaren primitiven Weisheit seines alten nüchternen Instinkts, oder glaubte er zu wittern, daß an dem ›hübschen Matrosen‹ irgend etwas war, was in die Umgebung eines Kriegsschiffes nicht hineinpassen wollte?

Nachdem er ihn aber einige Zeit unbemerkt beobachtet hatte, legte sich die verdächtige Heiterkeit des alten Merlin. Trafen die beiden sich jetzt, so bekam sein Gesicht einen spöttischen Zug, doch nur für einen Augenblick; und manchmal ging ein nachdenklicher Zweifel darüber hin, was alles möglicherweise einem solchen Wesen zustoßen könne, das hineingeraten war in diese Welt voller Fußangeln, gegen deren geheime Hinterhältigkeiten der bloße unerfahrene Mut, der keine Schlauheit kennt und nicht jene gewisse wehrhafte Niedrigkeit besitzt, wenig auszurichten vermag, – eine Welt, in der alle Unschuld, deren ein Mann fähig ist, keineswegs auch zugleich seinen Verstand und Willen erleuchtet, wenn es sich um moralische Verwicklungen handelt.

Wie dem auch sei, der Däne in seiner asketischen Weise schloß sich an Billy an. Nicht nur aus philosophischem Interesse an einem so gearteten Charakter, sondern noch aus anderen Gründen. Denn während die Sonderlichkeiten des Alten, der manchmal etwas Bärenhaftes an sich hatte, die Jüngeren abstießen, kümmerte sich Billy nicht um sie, sondern war eher freundlich gegen den alten Mann von der *Agamemnon* und ging nie an ihm vorbei, ohne ihn mit einem gewissen Respekt zu grüßen, was bei älteren Leuten jeden Standes, sie mögen noch so sauertöpfisch sein, selten seine Wirkung verfehlt.

Der alte Matrose hatte einen gewissen trockenen Humor; und ob es nun aus Laune war oder aus väterlicher Ironie, die an Billy's athletischer Kraft und Jugend Gefallen fand, oder aus noch anderen versteckteren Gründen, – von Anfang an nannte er ihn nicht Billy, sondern Baby und wurde so der Urheber des Spitznamens, unter dem der Toppmatrose im Lauf der Zeit an Bord bekannt wurde.

Als Billy nun hinging, den runzligen Dänen wegen seiner kleinen mysteriösen Schwierigkeiten um Rat zu fragen, hatte dieser gerade Freizeit: er saß nachdenklich auf einer Munitionskiste des oberen Kanonendecks und beobachtete ein paar herumschlendernde Schwadroneure mit zynischen Blicken.

Billy erzählte seine Sorgen und mußte sich wieder wundern, daß ihm so etwas passieren konnte. Das Meerorakel hörte ihm aufmerksam zu und begleitete den Bericht mit dem sonderbaren Grinsen seines faltigen Gesichts und ab und zu mit einem rätselhaften Zwinkern seiner verkniffenen kleinen Raubtieraugen. Am Ende seiner Erzählung sagte der Toppmatrose: »Und nun sag mir, was du davon hältst, alter Däne!«

Der Alte schob seine Mütze aus der Stirn, kratzte sich nachdenklich die Schläfe an der Stelle, wo die große Narbe sich in sein dünnes Haar verlief, und sagte lakonisch: »Baby Budd, Jimmy Legs (er meinte den Waffenmeister) hat's auf dich abgesehen.«

»Jimmy Legs!« rief Billy und riß seine blauen Augen auf; »warum denn? Er nennt mich doch den ›netten, hübschen Jungen‹, wie die andern mir wiedererzählt haben.«

»Wirklich?« grinste der Graukopf und setzte dann hinzu:

»Jawohl, Baby, Jimmy Legs hat freundliche Worte.«

»Nein, nicht immer, aber sicher für mich. Fast immer, wenn ich ihn treffe, sagt er mir etwas Nettes.«

»Weil er's auf dich abgesehen hat, Baby Budd!«

Die Wiederholung und auch die Art, in der sie vorgebracht wurde, verwirrte Billy fast noch mehr als das Geheimnis, um dessen Erklärung er gekommen war. Er versuchte, etwas weniger unerfreuliche und orakelhafte Worte aus dem alten Chiron herauszubekommen. Der aber, wohl in der Meinung, er habe seinem jungen Achill für diesmal genug gesagt, tat den Mund nicht wieder auf, zog alle Falten zusammen und war für nichts mehr zu haben.

Die Jahre und Erfahrungen eines klugen Menschen, der in ständiger Abhängigkeit vom Willen der Vorgesetzten lebte, hatte in dem Dänen jenen verhalten harten Zynismus entwickelt, welcher der Hauptzug seines Charakters war.

Neuntes Kapitel

Am folgenden Tage geschah etwas, was Billy Budd in seinen Zweifeln an dem seltsamen Urteil des Dänen noch bestärkte.

Das Schiff lag um Mittag mit guter Fahrt vorm Winde und schlingerte; und er, der mit einigen Messekameraden in lustiger Unterhaltung beim Essen saß, hatte bei einer zufälligen Bewegung seine ganze Suppe auf das frisch geschrubbte Deck verschüttet. In diesem Augenblick kam Claggart, der Waffenmeister, an der Batterie vorbei, hinter der die Messe lag; und die graue Brühe strömte über seinen Weg.

Er schritt darüber hin, ohne etwas zu sagen, da die Sache unter diesen Umständen gleichgültig war. Dann aber sah er, wer der Schuldige war. Er stockte und wollte gerade dem Matrosen etwas Unüberlegtes sagen, nahm sich aber zusammen und klopfte ihm statt dessen, indem er auf den Suppenstrom zeigte, spielerisch mit seinem Stöckchen auf die Schulter und sagte mit jener leisen wohl-klingenden Stimme, die ihm zuweilen eigen war: »Hübsche Besche-rung, mein Junge! ›Hübsche Geschicht, hübsches – Gesicht!‹« Damit ging er weiter.

Das unfreiwillige Lächeln oder vielmehr die Grimasse, mit der der Waffenmeister seine zweideutigen Worte begleitete, bemerkte Billy nicht, da er sie nicht sah. Die schmalen Mundwinkel von Clag-garts ebenmäßigen Lippen zogen sich unter dem dürren Lächeln nach unten. Da aber alle seine Bemerkung als einen Scherz nahmen, über den sie, weil er von einem Vorgesetzten kam, pflichtschuldigst mit geheucheltem Vergnügen lachen mußten, was sie denn auch taten, so lachte Billy ebenfalls fröhlich mit. Vielleicht schmeichelte ihm auch die Bemerkung über sein gutes Aussehen. Kurz, er rief seinen Kameraden zu: »Na, da habt ihr's; wer sagt nun noch, daß Jimmy Legs etwas gegen mich hat!«

»Baby, wer behauptet denn sowas?« fragte ihn ein gewisser Do-nald mit einiger Verwunderung. Worauf der Toppmatrose ein we-nig blöde dreinsah, weil ihm einfiel, daß ja nur Einer, der Narbige nämlich, die ihm ganz unverständliche Andeutung gemacht hatte, der Waffenmeister habe was gegen ihn.

Letzterer ging indessen seinen Weg; und wenn man vom Gesicht auf das Herz schließen darf, so trug das seine einen viel verräteri-scheren Ausdruck als jenes bittere Lächeln, – es sah fast entstellt aus. Und ein kleiner Trommler, der ihm entgegenlief und ihn aus Unachtsamkeit leicht anrannte, war ganz beunruhigt über sein seltsames Aussehen. Dieser Eindruck verstärkte sich noch, als Claggart ihm mit dem Stöckchen heftig eins überzog und ihn anschrie: »Paß auf, wo du hinläufst!«

Zehntes Kapitel

Was war los mit dem Waffenmeister? Und mochte es sein, was es wollte – was hatte es mit Billy Budd zu tun, mit dem er, ehe die Sache mit der Suppe passierte, weder offiziell noch sonst je zusammengestoßen war? Ja wirklich, was konnte seine Aufregung nur zu tun haben mit ihm, der so wenig Anlaß zur Beschwerde gab und auf dem Handelsschiff der Friedensstifter hieß, und den Claggart selber einen ›so netten Jungen‹ genannt hatte? Weshalb nur hatte Jimmy Legs, wie der Däne sagte, es auf den ›hübschen Matrosen‹ abgesehen? Denn im Innersten und nicht ohne Grund – wie ein Menschenkenner aus dem letzten Zusammenstoß herausfühlen wird – insgeheim war er ihm nicht wohlgesonnen.

Nun wäre es nicht eben schwer, für den Fortgang der Geschichte irgend etwas zu erfinden, was mit der mehr privaten Karriere Claggarts zusammenhinge; etwas, das auch Billy Budd beträfe, doch ohne daß er darum wüßte; irgendeinen romantischen Zufall, durch den Claggart den jungen Matrosen schon gekannt hätte, ehe er ihn an Bord des Dreideckers wiedersah. Man hätte auf solche Weise das Rätsel, das hinter dem Fall zu lauern scheint, mehr oder minder spannend erklären können. Aber nichts davon traf tatsächlich zu. Und doch ist die einzige, alles erklärende Ursache in ihrer nüchternen Wirklichkeit ein echtes Mysterium. Denn gibt es etwas Geheimnisvolleres als jene tiefe ursprüngliche Abneigung, die in gewissen seltsamen Sterblichen beim bloßen Anblick eines anderen, noch so harmlosen, Sterblichen aufwachen kann, ja vielleicht grade durch diese Harmlosigkeit hervorgerufen wird?

Nun ist das Zusammenleben von grundverschiedenen Menschen nirgends so aufreibend wie grade an Bord eines großen, vollbemannten und auf See befindlichen Kriegsschiffes. Tagtäglich kommt dort jeder mit beinahe jedem in irgendwelche Berührung. Will man dem Anblick eines unangenehmen Wesens ganz und gar aus dem Wege gehen, so muß man es entweder über Bord werfen wie Jonas oder selbst über Bord springen. Es läßt sich leicht vorstellen, wie solche Umstände auf einen Menschen wirken mußten, der das Gegenteil eines Heiligen war.

Indessen sind diese Andeutungen für einen normalen Menschen, der Claggart ganz verstehen will, sehr unzureichend. Denn zwischen ihm und einem normalen Menschen liegt jener tödliche Raum, den man am besten durch mittelbare Umschreibungen durchquert.

In einer Liste von Begriffsbestimmungen, die sich in der authentischen Übersetzung Plato's findet, trifft man auf folgendes: ›Natürliche Verdorbenheit – eine Verdorbenheit, die aus der Natur entspringt‹. Diese Bestimmung denkt trotz ihres calvinistischen Beigeschmacks nicht daran, Calvins Prädestinationsdogma auf alle Menschen auszudehnen; sie hat offenbar nur einzelne Individuen im Auge.

Galgen und Gefängnis liefern indessen nur wenige Beispiele dieser Art von Verderbtheit. Nach bedeutenderen Vertretern, die frei sind von vulgärer Brutalität und über eine entwickelte Intelligenz verfügen, muß man woanders suchen. Eine gewisse Bildung, zumal wenn sie streng ist in ihren Grundsätzen, begünstigt diese Art Verderbtheit, die sich gern in den Mantel der Ehrbarkeit hüllt, im stillen aus gewissen negativen Tugenden ihren Vorteil zieht und sich sorgsam vorm Alkohol hütet. Ja, man darf ohne Übertreibung behaupten, sie sei frei von kleinen Lastern und Schwächen; denn sie ist unglaublich stolz und verbietet sich dergleichen. Sie ist auch nicht habsüchtig oder geizig. Kurzum, die Verderbtheit, von der ich hier rede, ist frei von jeder schmutzigen Gemeinheit oder Sinnlichkeit. Sie ist ernst, ohne bitter zu sein. Sie schmeichelt den Menschen nicht, redet aber auch nicht schlecht von ihnen.

Woran man aber in bedeutenden Fällen eine so ungewöhnliche Natur erkennen kann, ist folgender Zug. Ein solcher Mensch mag durch seine gleichmäßige Laune und seine gepflegten Manieren in besonderem Maße vernünftig erscheinen, – in den Tiefen seiner Seele lehnt er sich auf gegen jedes Gesetz, leugnet jede Bindung und hört nur soweit auf die Vernunft, als er sie benutzen und brauchen kann, um das schlechthin Unvernünftige zu tun. Oder mit anderen Worten: er wird, um sein Ziel, dessen ausschweifende Bosheit fast einen Verrückten verrät, zu erreichen, mit kühler, umsichtiger und völlig klarer Überlegung zu Werke gehen. Diese Leute sind wirkliche Narren, und zwar von der gefährlichsten Sorte; denn ihre Verrücktheit ist keine gleichbleibende, sondern bricht plötzlich aus, wenn ein besonderer Gegenstand sie reizt. Dabei ist sie beherrscht und so verschwiegen, daß ein gewöhnlicher Mensch sie selbst in der höchsten Entfaltung von einer gesunden Vernunft nicht zu unterscheiden vermag; denn, wie ich oben angeführt habe, welches Ziel sie auch verfolgt – ihre Methoden und ihre sichtbare Handlungsweise sind stets durchaus vernünftig.

Solch ein Mensch nun war Claggart. Er war besessen von dem Wahnsinn einer solchen bösen Natur, die nicht das Ergebnis einer lasterhaften Erziehung, verderbter Bücher oder ausschweifenden Lebens war, sondern ihm angeboren von Kindheit an, mit einem Wort: ›eine Verdorbenheit, die aus der Natur entspringt‹.

Ob es sich in gewissen kriminalistischen Prozessen um eben dieses Phänomen handelt, das die Gerichte so verwirrt, weil man es entweder leugnet oder verkennt? Und ist dies derselbe Grund, weswegen unsere Schwurgerichte bisweilen die endlosen Plädoyers der Anwälte und ihre Honorare obendrein ertragen müssen, ganz zu schweigen von den noch verwirrenderen Streitigkeiten der medizinischen Experten untereinander, die auch ihre Honorare verlangen? Und warum überläßt man ihnen die Sache? Warum nicht lieber kompetenten Klerikern? Ihr Beruf bringt sie mit den verschiedensten Menschen in nahe Berührung, manchmal in Stunden, wo alle Zurückhaltung fällt, und wo ihr Vertrauen viel weitgehender in Anspruch genommen wird als das der Ärzte. Sollte man nicht meinen, daß sie deshalb einiges von den Verwicklungen moralischer Verantwortlichkeit wissen müßten und somit gegebenenfalls entscheiden könnten, ob die Ursache eines Verbrechens eine geistige Erkrankung war oder eine Raserei des Herzens? Und wenn sich zwischen den Klerikern Meinungsverschiedenheiten entwickeln, so werden sie kaum größer sein als die baren Widersprüche, die unter bezahlten Medizinern üblich sind.

»Dunkle Worte«, werden einige sagen. Aber warum? Nur weil sie ein wenig nach der Heiligen Schrift schmecken und nach ihrem Worte von dem *mysterium iniquitatis*. Der Umstand, daß sich unsere Erzählung um die rätselhafte Natur des Waffenmeisters dreht, hat dieses Kapitel nötig gemacht. Ein oder zwei weitere Andeutungen über den Zwischenfall in der Messe müssen im folgenden genügen. Im übrigen ist die Erzählung auf ihre eigene Glaubwürdigkeit angewiesen.

Elftes Kapitel

Daß Claggart gut aussah und, bis auf das Kinn, ein wohlgeformtes Gesicht hatte, sagte ich schon. Er schien sich dieser Vorzüge durchaus bewußt zu sein; denn er war nicht nur gut, sondern mit Sorgfalt angezogen. Billy Budd seinerseits hatte heroische Gestalt: und wenn sein Gesicht auch nicht den intelligenten Ausdruck des bleichen Claggart trug, so war es darum nicht weniger von innen erhellt, aber in anderer Weise als jenes. Sein frohes, warmes Herz schien in seinen rotbraunen Wangen wider.

Es ist nun bei der auffallenden Verschiedenheit der beiden mehr als wahrscheinlich, daß der Waffenmeister bei dem zuletzt geschilderten Vorfall, als er das Sprichwort: ›Hübsche Geschicht, hübsches Gesicht!‹ auf den Matrosen anwandte, eine ironische Anspielung machte, die von den jungen Seeleuten nicht verstanden wurde; sie betraf den Grund, der ihn sofort gegen Billy eingenommen hatte, nämlich dessen auffallende Schönheit.

Nun können Neid und Abneigung, die sich in der Vernunft widersprechen, dennoch wie siamesische Zwillinge in dem gleichen Herzen zur Welt kommen. Ist Neid denn ein solcher Unhold? Man bedenke, daß sich wohl mancher Angeklagte in Hoffnung auf mildere Bestrafung zu den schrecklichsten Taten bekannt hat; hat aber je einer im Ernste zugegeben, daß er *neidisch* sei? Jeder fühlt, daß der Neid noch mehr erniedrigt als selbst das gemeinste Verbrechen. Und nicht nur, daß ihn jeder verwirft, – die Besseren mögen es kaum glauben, wenn er einem verständigen Menschen nachgesagt wird. Er sitzt aber im Herzen und nicht im Kopf, so daß keine noch so entwickelte Vernunft gegen ihn schützt.

Claggarts Neid nun war keine vulgäre Leidenschaft, noch ähnelte er jener furchtsamen Eifersucht, die Sauls Züge verzerrte, wenn er verwirrten Herzens über den jungen anmutigen David grübelte. Claggarts Neid saß tiefer. Wenn er Billy Budd unbemerkt beobachtete: wie gut er aussah und sich in unbewußter Gesundheit seines jungen Lebens freute, so wußte er instinktiv, daß ein solches Geschöpf in seiner geraden Einfalt weder den Willen zur Bosheit kannte noch den vergeltenden Biß dieser Schlange. Er wußte, daß dieser Geist in Billy, der aus den hellen Fenstern seiner blauen Augen sah, daß dieser natürliche Adel, der seine Gelenke so biegsam machte, in seinen blonden Haaren wehte und seinen Nacken so schmal gebildet hatte, ihn zu einem so schönen, zu dem ›Schönen Matrosen‹ schlechthin machte. Eine einzige Person ausgenommen, gab es neben dem Waffenmeister wohl niemand an Bord, der eine Erscheinung wie Billy in ihrer ganzen Bedeutung begriffen hätte. Und dieses Wissen vertiefte noch Claggarts Leidenschaft, die in seinem Innern die verschiedensten Verkleidungen annahm, zuzeiten selbst die einer zynischen Verachtung – einer Verachtung der Unschuld! Aber als Ästhet fühlte er ihren Zauber, sah ihre gelassene, glückliche Kühnheit und hätte sie gern sein Eigen genannt; aber daran verzweifelte er.

Ohne Macht, das elementar Böse in sich zu ersticken, obschon geschickt genug, es zu verbergen; in Kenntnis des Guten, aber unfähig, selbst gut zu sein; dazu mit Willenskraft überladen, wie fast alle diese Naturen – was blieb einem Menschen wie Claggart übrig, als sich zurückzuziehen auf sich selber und wie der Skorpion, für dessen Existenz der Schöpfer allein verantwortlich ist, seine zugewiesene Rolle bis ans Ende zu spielen.

Leidenschaft, vor allem in ihren tiefsten Regungen, braucht keine fürstliche Bühne für ihre Rolle. Unten, in der Hefe, unter Bettlern und Lumpensammlern, tritt sie auf und handelt; und ihre Gewalt mißt sich nicht an den banalen und kläglichen Anlässen, die sie entzünden. In unserem Fall ist die Bühne ein frischgescheuertes Kanonendeck, und der äußere Anlaß die Suppe, die ein Matrose verschüttet hat.

Als der Waffenmeister sah, woher die fettige Brühe zu seinen Füßen kam, hielt er es – vielleicht mit einiger Absicht – nicht etwa für einen bloßen Zufall (was es doch zweifellos war), sondern für eine Tücke von Billy, die seiner eigenen Abneigung gegen ihn entsprach. Eine kindische und völlig harmlose Auflehnung, mußte er denken; harmlos wie der Tritt eines Füllens; aber nicht mehr harmlos, wenn das Füllen ein Hengst und beschlagen wäre! Und so goß Claggart das Gift seiner Verachtung in die Galle seines Neides. Außerdem bestätigte ihm der Zwischenfall gewisse Redereien, die durch Squeak an ihn gelangt waren, einen kleinen grauhaarigen Mann, verschlagener als die übrigen Korporale, dem die Matrosen diesen Beinamen angehängt hatten wegen seiner quietschenden Stimme und wiegen seines spitzen Gesichts, mit dem er in den dunklen Winkeln des Zwischendecks nach Delinquenten schnupperte, was den Vergleich mit einer Ratte nahelegte.

Da ihn nun sein Chef als Werkzeug benutzte, um dem Toppmatrosen Fallen zu stellen und ihn zu beunruhigen, – denn die oben erwähnten kleinen Reibereien waren alle vom Waffenmeister ausgegangen –, so hatte der Korporal begreiflicherweise daraus geschlossen, daß sein Meister den Matrosen nicht gerade liebte. Er machte es sich daher als treuer Zwischenträger zur Aufgabe, das böse Blut des Vorgesetzten noch zu erhitzen, indem er gewisse harmlose Scherze des gutmütigen Matrosen entstellt weitergab und obendrein verschiedene schimpfliche Bezeichnungen für seinen Chef erfand, die er von jenem gehört zu haben behauptete. Der Waffenmeister bezweifelte die Wahrheit dieser Angaben keinen Augenblick; am wenigsten die schimpflichen Beinamen, da er genau wußte, wie unpopulär ein Waffenmeister sein konnte, zumal in jenen Tagen, und erst recht, wenn er auch noch eifrig in seinen Pflichten war; und wie sich die Blaujacken hinter seinem Rücken durch Spöttereien und Witze schadlos hielten. So brachte denn auch sein Beiname ›Jimmy Legs‹ unter der Form des Scherzes ihren Mangel an Respekt und ihre Abneigung deutlich zum Ausdruck.

Der Haß ist so gierig nach Kränkungen, daß es kaum eines Denunzianten bedurft hätte, um Claggarts Leidenschaft zu nähren. Nun ist aller feineren Verworfenheit eine ungewöhnliche Umsicht eigen, da sie alles verbergen muß. Durch solche Verstecktheit schützt sie sich im Falle einer, bloß vermuteten Beleidigung gegen jede enttäuschende Aufklärung und handelt auf einen Verdacht hin genau so, wie wenn sie ihrer Sache sicher wäre, obzwar mit einem gewissen Bedauern. Ihre Vergeltung kann alsdann außer jedem Verhältnis sein zu der vermuteten Kränkung; denn Rache, die ihre Forderungen eintreibt, ist zu allen Zeiten ein maßloser Wucherer gewesen.

Wie aber verhielt sich Claggarts Gewissen? Denn jeder Verstand hat sein Gewissen, mögen auch die Gewissen so verschieden sein wie die Gehirne, ausgenommen die Dämonen der Schrift, die ›glauben und zittern‹. Claggarts Gewissen aber war nur der Vollstrecker seines Willens und machte aus Mücken Elefanten, indem es behauptete, daß die böse Absicht, mit der Billy seine Suppe verschüttet habe, und daß erst recht die angeblichen Spottnamen ihn schwer belasteten und darüber hinaus eine Gehässigkeit rechtfertigten, die sich als erlaubte Vergeltung ausgeben durfte.

In Naturen wie Claggart lauert der Pharisäer gefährlich in dem Versteck ihrer Herzkammern; eine unerwiderte Bosheit ist für sie etwas Unbegreifliches. Vermutlich hatte der Waffenmeister seine heimlichen Anschläge gegen Billy unternommen, um dessen Charakter zu prüfen; sie brachten jedoch keine Eigenschaft ans Licht, auf die seine Feindschaft sich offiziell hätte berufen oder sein persönliches Vergeltungsbedürfnis sich hätte stützen können. Um so willkommener war daher der gleichgültige Zwischenfall in der Messe für Claggarts seltsames Gewissen, von dem er sich insgeheim leiten ließ. Und wahrscheinlich brachte es ihn auf neue Versuche.

Zwölftes Kapitel

Wenige Tage nach dem berichteten Ereignis geschah etwas, was Billy mehr beunruhigte als alles bisher Geschehene.

Es war eine für diesen Breitengrad heiße Nacht; und der Vortoppmann, der sich während seiner Wache eigentlich unten hätte aufhalten sollen, saß träumerisch an Deck, das er vertauscht hatte mit seiner heißen Hängematte – eine unter Hunderten, die im Zwischendeck so eng nebeneinander hingen, daß sie kaum schaukeln konnten. Er lag ausgestreckt wie im Schatten eines Hügels, vorm Winde geschützt durch einen Haufen aufgestapelter Ersatzrahen, zwischen denen das größte Beiboot des Schiffes, die Schaluppe, verstaut war.

Er lag neben drei andern Schläfern am Ende der Rahen genau über der Wache des Vordecks, wo er sich nach altem Brauch mehr oder minder frei bewegen durfte. Plötzlich wurde er halb geweckt; denn irgend jemand, der sich zuvor von dem festen Schlaf der andern überzeugt haben mußte, rührte ihn an die Schulter. Und als der Vortoppmann den Kopf hochhob, flüsterte er ihm eilig ins Ohr:

»Komm rüber nach Lee, Billy; es ist was los – rede nicht! Schnell! Wir treffen uns da!« und weg war er.

Nun hatte Billy – wie so manche gutmütigen Leute – eine Schwäche, die der Gutmütigkeit von Hause eigen ist: es widerstrebte ihm, ja er konnte es einfach nicht fertigbringen, *nein* zu sagen, wenn er plötzlich zu etwas aufgefordert wurde, was nicht völlig sinnlos, unfreundlich oder bedenklich war. Auch war er viel zu warmblütig, um irgendeinen Vorschlag durch bloßes Liegenbleiben abzulehnen. Dinge, die ihm Furcht einflößten oder dem natürlichen Anstand widersprachen, begriff er nur langsam. Es kam diesmal hinzu, daß er noch halb vom Schlaf benommen war.

Wie immer es war, er stand mechanisch auf und begab sich, ganz verwundert, was denn nur ›los‹ sein könne, zu der angegebenen Stelle, – einer der sechs engen Bastionen des Vorschiffs, die von den großen Blöcken und dem dichten Gitter der Brassen und Stagtaue verdeckt wurde und, dem ausladenden Rumpf eines damaligen Schlachtschiffes entsprechend, einen ziemlich großen geteerten Balkon bildete, der frei über dem Wasser hing; so versteckt, daß ein gewisser Matrose der *Indomitable*, ein alter, nachdenklicher Seebär und überzeugter *nonconformist*, ihn selbst am hellen Tage als seine Privatkanzel benutzte.

In diesem entlegenen Winkel fand sich der Unbekannte sehr bald ein. Der Mond schien noch nicht, und ein Nebel verdunkelte die Sterne. Billy Budd konnte das Gesicht des Fremden nicht genau erkennen; aber nach seiner Gestalt und seinen Bewegungen hielt er ihn, und mit Recht, für einen Mann vom Achterdeck.

»Pst, Billy!« flüsterte der Mann ebenso eilig und vorsichtig wie vorher; »du bist doch gepreßt worden, nicht? Na, ich genau so«, und er hielt ein, um die Wirkung zu beobachten. Aber Billy, der nicht recht wußte, woran er war, sagte gar nichts. Darauf der andere: »Wir sind nicht die einzigen, Billy. Eine ganze Bande ist da. Könntest du nicht – mithelfen ... wenn's mal nötig wäre?«

»Was meinst du eigentlich?« fragte Billy und wachte nun völlig auf.

»Pst, pst«, das eilige Flüstern wurde heiser; »sieh her!« und der Mann hielt ihm zwei Goldstücke hin, die schwach schimmerten in der Nacht. »Die sind für dich, Billy, wenn du nur ...«

Hier aber unterbrach ihn Billy; und im Eifer, seinem Ärger Luft zu machen, kam sein Sprachfehler zum Vorschein.

»V-v-verdammt nochmal, ich weiß gar nicht, w-was du überhaupt willst. Scher dich lieber weg, da wo du hergekommen bist!«

Der Bursche, ganz erstaunt, rührte sich nicht; Billy sprang auf und schrie ihn an:

»W-w-wenn du jetzt nicht gehst, schmeiße ich dich über die R-reling.«

Das war nicht mißzuverstehen, und der geheimnisvolle Bote verschwand im Schatten der Segel gegen den Hauptmast zu.

»Halloh, was gibt's denn da?« fragte einer von der Wache, den Billy's lauter gewordene Stimme aus seinem Halbschlaf geweckt hatte. Und als der Vortoppmann zurückkam und er ihn erkannte: »Ach, du bist es, Baby? Was war denn los, du st-t-t-ottertest ja?«

»O nichts«, antwortete Billy, der jetzt wieder ruhig sprach; »ich habe einen vom Achterdeck hier bei uns getroffen und hab' ihn weggeschickt, wo er hingehört.«

»Ist das alles, was du getan hast?« fragte ihn schroff ein anderer: ein reizbarer alter Bursche, der ein ziegelrotes Gesicht und ebensolche Haare hatte und darum unter seinen Kameraden ›Rot-Pfeffer‹ hieß. »Solche Schleicher sollte man mit der Kanone verheiraten!«, womit er meinte, er würde sie gern für eine disziplinarische Tracht Prügel übers Kanonenrohr legen.

Schließlich schienen diese Neugierigen sich bei Billy's Schilderung des Zwischenfalls zu beruhigen. Unter allen Gruppen einer Schiffsbesatzung sind nämlich die Leute vom Vordeck, meist ältere Jahrgänge, am eifersüchtigsten darauf bedacht, daß niemand in ihr Bereich eindringt, am wenigsten einer von den Leuten des Achterdecks, von denen sie aus einem alten eingefleischten Vorurteil sehr wenig halten, weil sie meist Landratten sind und in die Takelage nur gehen, um das Großsegel zu reffen oder festzumachen, völlig unfähig, einen Marlspieker zu handhaben oder einen Block einzuschäkeln.

Dreizehntes Kapitel.

Dieser Zwischenfall beunruhigte Billy Budd nachhaltig. Es war eine völlig neue Erfahrung. Zum erstenmal in seinem Leben war man heimlich und in hinterhältiger Absicht an ihn herangetreten. Vor dieser Begegnung hatte er nichts gewußt von dem Achterdecksmann, da die beiden weit voneinander entfernt postiert waren, indem der eine vorn und hoch in der Takelage, der andere hinten und an Deck seine Wache hatte.

Was hatte das alles nur zu bedeuten? Waren die zwei glänzenden Dinger, die der fremde Eindringling ihm gezeigt hatte, wirkliche Golddukaten gewesen? Wo hatte er sie her? Wo doch auf See niemals jemand auch nur einen Heller übrig hatte. Je mehr er darüber nachdachte, je merkwürdiger kam es ihm vor, und je unbehaglicher und verwirrter war ihm zumute. Angewidert von einem Ansinnen, das er nicht ganz begriff, aber doch genug, um instinktiv zu fühlen, daß sich etwas Übles dahinter verbarg, glich Billy Budd einem jungen Pferde, das frisch von der Weide kommt und plötzlich den eklen Geruch einer Gerberei wittert und ihn mit heftigem Schnauben aus Lunge und Nüstern wieder loswerden will.

Dieser Widerwille erstickte den Wunsch in ihm, noch weiter mit dem Burschen zu reden, auch nicht einmal um eine Erklärung zu erhalten, weswegen jener sich ihm eigentlich genähert habe. Dennoch war er selbstverständlich nicht ohne Neugier, wie dieser nächtliche Besucher sich bei Tage ausnehmen würde. Er entdeckte ihn am andern Tag während der ersten Wache unten, wo er mit ein paar anderen auf dem Vorderteil des oberen Kanonendecks – denn dort war es erlaubt – seine Pfeife rauchte. Er kannte ihn wieder, und zwar mehr nach seiner ganzen Gestalt als nach dem blassen, sommersprossigen Gesicht mit den glasigen, wasserblauen Augen und den fast weißen, Wimpern.

Billy war aber doch nicht ganz sicher, ob es auch der Richtige war – jener Bursche, der ungefähr das gleiche Alter hatte wie er und so unbefangen gegen eine Kanone lehnte und lachte und redete. Er war gar nicht so unsympathisch und offenbar nur ein wenig großspurig; dabei ziemlich plump für einen Matrosen, selbst für einen

Mann vom Achterdeck. Kurzum der letzte, von dem man angenommen hätte, er sei mit Gedanken belastet, am wenigsten mit gefährlichen Gedanken, wie sie einen Verschwörer, der ernstliche Pläne hat, oder auch den Agenten eines solchen Mannes unvermeidlich beschäftigen müssen.

Der Bursche hatte Billy unbeobachtet mit einem aufmerksamen Seitenblick zuerst erkannt; und als er merkte, daß Billy ihn ansah, nickte er ihm freundlich zu wie einem alten Bekannten, den er wiedererkannte, ohne sein Gespräch mit den übrigen Rauchern zu unterbrechen. Ein oder zwei Tage später traf er Billy zufällig beim abendlichen Herumschlendern auf dem Kanonendeck und rief ihm im Vorbeigehen ein paar kameradschaftliche Worte zu, die Billy so unerwartet kamen und ihm nach dem Vorausgegangen so verdächtig waren, daß er nichts antworten konnte und so tat, als habe er sie nicht gehört.

Billy war jetzt noch ratloser als zuvor. Die vergeblichen Überlegungen, in die er sich verwickelte, waren so fremd und so beunruhigend für ihn, daß er sein Bestes tat, sie zu unterdrücken. Er kam gar nicht auf den Gedanken, daß hier etwas höchst Bedenkliches vorlag, was er als loyale Blaujacke pflichtmäßig bei der zuständigen Stelle hätte melden müssen. Und hätte einer ihm diesen Schritt nahegelegt, so würde er wahrscheinlich mit dem Edelmut des Unerfahrenen davor zurückgeschreckt sein, weil es allzusehr nach der schäbigen Arbeit eines Angebers hätte aussehen können. Er behielt daher alles für sich. Dennoch konnte er es sich nicht ganz verkneifen, bei Gelegenheit sein Herz ein wenig gegen den alten Dänen zu entlasten; und vielleicht verlockte ihn dazu auch die warme Nacht und die reglose Ruhe des Schiffes.

Die beiden saßen nebeneinander auf Deck, lehnten die Köpfe an die Reling und redeten kaum zusammen. Indessen gab Billy einen ungefähren Bericht, nannte aber keinen Namen, weil ihn die erwähnten unklaren Bedenken hinderten, sich irgend jemand ganz anzuvertrauen. Der weise Däne hörte sich Billy's Schilderung an und schien mehr zu vermuten, als ihm berichtet wurde; nach einer kurzen Überlegung, während welcher sich seine Falten wie auf einen Punkt zusammenzogen, – und diesmal ganz ohne den spöttischen Ausdruck, den sein Gesicht manchmal hatte, – antwortete er: »Sagte ich's nicht, Baby Budd?«

»Sagtest was?« fragte Billy.

»Naja, daß Jimmy Legs es auf dich abgesehen hat.«

»Und was«, antwortete der verdutzte Bill, »hat Jimmy Legs mit diesem krummen Kerl vom Achterdeck zu tun?«

»Aha, also vom Achterdeck war er! Ein Katzenpfötchen, nichts weiter als ein Katzenpfötchen.«

Nach diesem Ausruf, von dem niemand sagen kann, ob er sich auf den leichten Windhauch bezog, der gerade von der ruhigen See herüberkam, oder ob er eine vorsichtige Anspielung auf die Hinterhältigkeit des Achterdecksmatrosen enthielt, drehte sich der alte Merlin mit seinen schwarzen Zähnen ein Stück Kautabak ab, ohne weiter auf Billy's dringliche Fragen, so oft er sie auch wiederholte, zu antworten. Denn er hatte die Gewohnheit, in grimmiges Schweigen zu versinken, sobald man ihm mit skeptischen Fragen kam wegen seiner lakonischen Orakel, die keineswegs immer sehr klar, sondern im Gegenteil von jener wesentlichen Dunkelheit waren, die allen delphischen Sprüchen eigen ist, aus welcher Quelle sie auch fließen.

Vierzehntes Kapitel

Lange Erfahrung hatte höchstwahrscheinlich in diesem alten Mann jene bittere Vorsicht reifen lassen, die sich nie in etwas einläßt und nie einen Rat gibt.

Trotz der nachdrücklichen Versicherungen des Dänen, daß hinter den sonderbaren Erfahrungen, die Billy an Bord der *Indomitable* gemacht hatte, der Waffenmeister stecke, war der junge Matrose eher bereit, jeden anderen zu beschuldigen als gerade den Mann, der, wie Billy selber sagte, ›stets ein freundliches Wort für ihn hatte‹.

Darüber könnte man sich wundern, aber nicht allzu sehr. In manchen Dingen bleiben Matrosen, auch in reiferem Alter, ziemlich einfältig. Und ein junger Seefahrer von der Art unseres athletischen Vortoppmanns ist noch ein halbes Kind. Die völlige Unschuld eines Kindes nun ist reine Unwissenheit, die mit wachsendem Verstande mehr oder minder verschwindet. Bei Billy Budd aber hatte sich zwar der Verstand entwickelt, während seine Einfalt fast unverändert geblieben war.

Sicherlich ist Erfahrung ein guter Lehrmeister, aber Billy's Jahre hatten ihm wenig davon vermittelt. Zudem besaß er keinerlei intuitive Kenntnis des Bösen, wie sie schlechte oder nur halbgute Naturen vor aller Erfahrung haben, und über die selbst junge Menschen verfügen, wie manche Beispiele nur allzu deutlich beweisen.

Und was konnte Billy schon von den Menschen wissen, wo er doch nur Matrosen kannte? So ein altmodischer Seemann, ein richtiger Seebär, der von Jugend auf zur See fährt, ist zwar ebensogut ein Mensch wie der Landbewohner, unterscheidet sich aber doch in mancher Hinsicht sehr deutlich von ihm. Der Seemann ist freimütig, der Mann vom Lande gewitzigt. Für den Seemann ist das Leben ein Spiel, das wenig Verstand verlangt, und keineswegs eine schwierige Schachpartie, bei der einfache gerade Züge nur selten vorkommen, und wo man sein Ziel nur auf Umwegen erreicht – ein verschlagenes, mühsames, unfruchtbares Spiel, das kaum die arme Kerze lohnt, die man dabei verbrennt.

Wirklich, Seeleute sind eine jugendliche Rasse. Sogar ihre Verirrungen sind durch Jugendlichkeit gekennzeichnet. Das gilt besonders von den Seeleuten zu Billy's Zeit. Und was von allen Seeleuten schlechthin gilt, gilt manchmal in besonderem Grade von den jüngeren. Jeder Seemann ist gewohnt, Befehlen ohne Widerrede zu gehorchen. Sein Leben an Bord wird von anderen für ihn geregelt; er kommt mit den Menschen nicht in jene vielfältigen Beziehungen, wo jeder frei und unbehindert und auf gleichem oder doch ungefähr gleichem Fuß mit jedem verkehrt; wo man früh lernt, gelegentlich mißtrauisch zu sein, und um so mißtrauischer, je verlockender die Gelegenheit erscheint – wenn man nicht das Opfer eines gemeinen Streiches werden will.

Ein beherrschtes, unauffälliges Mißtrauen ist für Weltleute etwas ganz Selbstverständliches; nicht nur für Kaufleute, sondern noch mehr für diejenigen, die ihresgleichen auch anders als nur durch fades Geschäftemachen kennenlernen. Sie lassen es schließlich ganz unbewußt in sich wirken; und sicherlich wäre mancher Weltmann ehrlich überrascht, wenn man ihm sagen würde, daß eben dieses Mißtrauen für seinesgleichen so charakteristisch ist.

Fünfzehntes Kapitel

Nach dem kleinen Zwischenfall in der Messe hörten die merkwürdigen Eingriffe an der Hängematte, der Kleiderkiste oder sonstwo, die Billy so beunruhigt hatten, auf. Hingegen jenes Lächeln, das ihn gelegentlich getroffen hatte und die freundlichen Worte im Vorbeigehen waren geblieben; und wenn auch nicht häufiger, so doch eher noch betonter als bisher.

Außerdem gab es jetzt neue und andere Anzeichen. Wenn Claggarts unbeobachtete Blicke zufällig auf Billy fielen, der müßig während der zweiten Hundswache auf dem oberen Kanonendeck herumschlenderte und mit anderen Nichtstuern seinen Spaß hatte, dann folgten diese Blicke dem fröhlichen Schiffshyperion mit einem traurigen nachdenklichen Ausdruck und füllten sich mit seltsam fiebernden Tränen. Dann sah Claggart aus, als drücke die Sorge ihn nieder. Ja manchmal konnte dieses traurige Gesicht einen Ausdruck von Zärtlichkeit und Verlangen bekommen, als hätte Claggart den Billy sogar lieben mögen, wenn sein Schicksal es gewollt hätte. Aber dies Gefühl ging schnell vorüber, und ein harter Ausdruck zog sein Gesicht so faltig zusammen, daß es vorübergehend einer rissigen Walnuß glich. Zuweilen jedoch, wenn er den Vortoppmann von weitem kommen sah, ging Claggart, sobald Billy sich näherte, ein wenig auf die Seite, um ihn vorbeizulassen; dann sah er ihm nach mit dem spöttischen Grinsen eines Jago. Trafen sie aber unversehens zusammen, dann blitzte es rötlich in seinen Augen auf, so wie ein Funke in einer dunklen Schmiede vom Amboß springt. Dieses schnelle wilde Aufleuchten war sehr merkwürdig, da seine Augen für gewöhnlich eine dunkle, fast violette Farbe hatten, die sanfteste aller Tönungen.

Obschon diese teuflischen Launen von Billy bemerkt werden mußten, so blieben sie ihm doch unverständlich; denn seine Nerven waren viel zu gesund, als daß er jenes empfindliche geistige Ahnungsvermögen hätte besitzen können, das manchmal die Unwissenheit und Unschuld vor einem nahenden Unheil warnt. Er dachte nur, der Waffenmeister benähme sich bisweilen etwas sonderbar. Das war alles. Die gelegentliche Offenheit und die freundlichen

Worte faßte er so auf, wie sie berechnet waren; denn daß es *allzu* freundliche Menschen gibt, davon hatte der junge Matrose noch nie etwas gehört.

Hätte der Vortoppmann das Bewußtsein gehabt, etwas getan oder gesagt zu haben, was den Vorgesetzten hätte ärgern können, so wäre alles anders gewesen, und er hätte klarer und vielleicht auch richtiger gesehen.

Noch eine ähnliche Sache gab es, die ihn betraf. Zwei Unteroffiziere, der Büchsenmacher und der Obermaat vom Schiffsraum, mit denen er nie ein Wort gewechselt hatte, da sein Posten an Bord ihn nicht mit ihnen zusammenbrachte, fingen jetzt an, Billy, wenn sie ihm zufällig begegneten, mit jenem besonderen Blick zu betrachten, der eine gewisse Voreingenommenheit verrät, und keine günstige. Das aber schien Billy gleichgültig zu sein und keineswegs verdächtig, obschon er sehr wohl wußte, daß der Büchsenmacher und der Obermaat vom Schiffsraum, wie der Apotheker und andere Unteroffiziere, herkömmlicherweise Messekameraden des Waffenmeisters waren und sicherlich für seine vertraulichen Mitteilungen offene Ohren hatten.

Unser ›hübscher Matrose‹ war aber so allgemein beliebt wegen seiner offenen Gradheit und unwiderstehlichen Gutmütigkeit, dabei so ganz ohne irgendwelche geistige Überlegenheit, die Neid gegen ihn hätte erwecken können, und fast alle seine Kameraden waren ihm so zugetan, daß er sich um solche stummen Vorwürfe noch weniger kümmerte als um die oben erwähnten Vorgänge.

Traf Billy einmal durch Zufall den Mann vom Achterdeck, den er aus den bekannten Gründen nur selten sah, so grüßte jener ihn jedesmal mit der gleichen herzlichen Freude und hatte auch meist ein paar freundliche Worte. Was immer der verdächtige junge Mensch ursprünglich eigentlich beabsichtigt oder welcher Absicht eines anderen er sich zur Verfügung gestellt haben mochte, – auf jeden Fall zeigte sein jetziges Benehmen, daß er überhaupt nicht mehr daran dachte. Es schien, als habe ihm seine frühreife Gemeinheit (und jeder gemeine Schurke ist frühreif) für dieses Mal einen Streich gespielt, indem der Mann, den er als harmlosen Gimpel fangen wollte, durch eben diese Harmlosigkeit seine Listen vereitelt hatte.

Die ganz Schlauen werden vielleicht meinen, Billy hätte doch unbedingt den Mann vom Achterdeck stellen und nach seinen Absichten fragen müssen, gleich bei der ersten Begegnung an der Fockrüste, die so plötzlich abgebrochen wurde. Die gleichen schlauen Leute würden es auch für ganz natürlich gehalten haben, wenn Billy sich jetzt bei einigen andern gepreßten Leuten der Besatzung umgehört hätte, ob den dunklen Andeutungen jenes Boten irgend etwas zugrunde lag, was auf eine Verschwörung der Unzufriedenen hätte schließen lassen. Die ganz Schlauen mögen so denken. Vielleicht aber gehört mehr dazu und auch wohl etwas anderes als bloße Schlauheit, um einen Menschen wie Billy Budd zu begreifen.

Was Claggart betraf, so fraß sich offenbar seine Besessenheit, die sich unfreiwillig in den geschilderten Kleinigkeiten verriet, im allgemeinen aber hinter seinem beherrschten und vernünftigen Benehmen verborgen blieb, immer tiefer wie ein unterirdisches Feuer in ihn hinein. Das mußte zu einem entscheidenden Ereignis führen.

Sechzehntes Kapitel

Nach der geheimnisvollen Begegnung an der Fockrüste, die Billy so plötzlich beendet hatte, geschah nichts mehr, was für diese Geschichte Bedeutung hätte, bis zu den Ereignissen, die nunmehr berichtet werden sollen.

Es ist schon gesagt worden, daß damals das englische Geschwader im Mittelmeer an Fregatten, die natürlich bessere Segler waren als die Linienschiffe, Mangel hatte, so daß die *Indomitable* gelegentlich nicht nur als brauchbares Rekognoszierungsschiff verwendet, sondern bisweilen auch zu bedeutenderen Aufgaben beordert wurde. Dies geschah nicht allein wegen ihrer ungewöhnlichen Schnelligkeit, sondern vor allem wohl auch wegen des Kapitäns. Man hielt ihn wegen seiner raschen Entschlußkraft und wegen seiner besonderen Erfahrung und Geschicklichkeit, welche die gewöhnlichen Fähigkeiten eines tüchtigen Seeoffiziers weit übertrafen, für besonders geeignet, Aufgaben zu übernehmen, die unvorhersehbare Schwierigkeiten in sich bargen.

Bei einer solchen Expedition, während welcher die *Indomitable* sich fast bis an die Grenze ihres Operationsradius von der Flotte entfernte, kam gegen Ende der Nachmittagswache plötzlich ein feindliches Schiff in Sicht, wie sich herausstellte eine Fregatte, – die, als sie durch das Glas die erdrückende Übermacht des Gegners an Mannschaft und Kanonen erkannte, alle Segel setzte und im Vertrauen auf ihre Schnelligkeit entfloh. Nach einer trotz geringer Erfolgsaussicht aufgenommenen Verfolgung, von der man erst um die Mitte der ersten Hundswache abließ, gelang es der Fregatte schließlich zu entkommen.

Kurz nachdem die Verfolgung aufgegeben war und noch ehe die Erregung über dieses Ereignis sich gelegt hatte, kam der Waffenmeister aus seinen unteren Räumen herauf und stellte sich, die Mütze in der Hand, beim Hauptmast auf und wartete, daß ihn Kapitän Vere bemerken möchte, der einsam auf der Luvseite des Achterdecks hin und her ging, offenbar etwas verärgert über die mißglückte Verfolgung.

Die Stelle, wo Claggart stand, war für die Unteroffiziere bestimmt, welche den Offizier vom Dienst oder den Kapitän selber in besonderer Angelegenheit sprechen wollten. Es kam jedoch selten vor, daß ein Matrose oder Unteroffizier sich an letzteren wandte, da es hierzu nach altem Brauch eines ganz besonderen Anlasses bedurfte.

Als nun der Kapitän in Gedanken versunken umkehren wollte, wurde er Claggarts gewahr, der seine Mütze respektvoll wartend in der Hand hielt. Es sei daran erinnert, daß Kapitän Vere erst seit der letzten Ausfahrt des Schiffes diesen Untergebenen näher kennengelernt hatte, der von einem im Dock liegenden Schiff an Bord der *Indomitable* gekommen war, um dort den Platz des entlassenen und an Land gebliebenen Waffenmeisters zu übernehmen.

Kaum hatte der Kapitän gesehen, wer dort so ergeben auf ihn wartete, als sein Gesicht einen eigentümlichen Ausdruck bekam, wie wenn man unverhofft auf jemand trifft, den man zwar kennt, aber nicht lange genug, um ihn gründlich zu kennen, dessen bloßer Anblick aber dennoch einen plötzlichen und vagen Widerwillen hervorruft. Er blieb stehen und nahm eine offizielle Haltung an, doch verriet sein Tonfall eine gewisse Ungeduld, als er fragte: »Nun, Waffenmeister, was gibt es?«

Mit dem Ausdruck eines Untergebenen, der widerwillig und notgedrungen schlechte Nachrichten zu bringen hat, dabei aber entschlossen ist, aufrichtig zu sein, aber auch ebenso entschlossen, nichts zu übertreiben, begann Claggart auf diese Einladung oder vielmehr diesen Befehl, sich zu äußern, seinen Bericht. Was er mit den Worten eines durchaus nicht ungebildeten Mannes ausführte, war etwa, wenn auch nicht wortgetreu, folgendes. Er habe während der Verfolgung und der Vorbereitungen für ein etwaiges Gefecht genug gesehen, um überzeugt zu sein, daß sich mindestens ein Matrose von gefährlicher Gesinnung an Bord des Schiffes befände, – eines Schiffes, das nicht nur Leute unter seiner Mannschaft habe, die sich an den jüngsten, schwerwiegenden Meutereien beteiligt hätten, sondern überdies noch einige weitere – unter ihnen der Beschuldigte, – die auf andere Weise als durch reguläre Anmusterung in den Dienst Seiner Majestät getreten seien.

Hier unterbrach ihn Kapitän Vere mit einiger Ungeduld: »Reden Sie offen, sagen Sie ›gepreßte Leute‹.«

Claggart verneigte sich und fuhr fort. Erst kürzlich habe er, Claggart, Verdacht geschöpft, daß irgendeine Art Verhetzung sich durch den fraglichen Matrosen im geheimen verbreite, doch habe er seinen Argwohn für sich behalten, solange er im Ungewissen blieb. Nun aber habe er an diesem Nachmittag den bewußten Matrosen in einer Lage beobachtet, die seinen Verdacht, daß etwas Heimliches an Bord vorgehe, fast zur Gewißheit mache. Er fügte hinzu, wie sehr er die schwere Verantwortung empfinde, einen Bericht zu erstatten, der für den Betreffenden so weitgehende Folgen haben könne und überdies die selbstverständlichen Besorgnisse noch vermehren würde, die einen Schiffskommandanten erfüllen müßten angesichts jener erst kürzlich geschehenen ungewöhnlichen Vorkommnisse, die man, setzte er mit besorgter Miene hinzu, nicht näher zu bezeichnen brauche.

Bei der ersten Anspielung war Kapitän Vere überrascht und konnte seine Erregung nicht ganz verbergen; als aber Claggart fortfuhr, wandelte sie sich in Unwillen über die Art, wie jener sein Zeugnis vorbrachte. Dennoch hielt er an sich und unterbrach ihn nicht. Und Claggart beendete seinen Bericht wie folgt: »Geb's Gott, Euer Gnaden, daß der *Indomitable* Erfahrungen erspart bleiben, wie sie die ...«

»Darum kümmern Sie sich nur nicht!« unterbrach ihn kurz der Vorgesetzte, dessen Gesicht plötzlicher Ärger überzog; denn er merkte, daß der andere im Begriff war, jenes Schiff zu nennen, auf dem die Meuterei bei Nore besonders tragisch verlaufen war, so daß eine Zeitlang sogar das Leben des Kommandanten in Gefahr kam.

Unter den herrschenden Umständen empörte ihn diese Anspielung. Daß, während die Offiziere selbst von den jüngsten Ereignissen stets nur mit größter Zurückhaltung sprachen, ein Unteroffizier sie ganz unnötig in Gegenwart seines Kapitäns erwähnte, – das berührte ihn wie eine höchst ungebührliche Anmaßung. Außerdem spürte seine sehr empfindliche Selbstachtung darin etwas wie einen Versuch, ihn zu beunruhigen. Es wunderte ihn, daß jemand, der bisher in seiner Stellung, soweit er ihn hatte beobachten können, stets auffälliges Feingefühl bezeugt hatte, in diesem besonderen Fall einen so völligen Mangel an Takt entwickelte.

Aber diese Gedanken und Zweifel, die ihm durch den Kopf gingen, wurden plötzlich durch einen instinktiven, wenn auch noch dunklen Verdacht verscheucht, der ihm die bösen Neuigkeiten anders erscheinen ließ.

In allen Angelegenheiten des komplizierten Lebens an Deck, das, wie jede andere Lebensform, seine geheimen und bedenklichen Seiten hat, die man darum öffentlich verleugnet, war Kapitän Vere zu lange und zu gründlich bewandert, als daß er sich durch den Ton, in dem der Untergebene seinen Bericht vorgebracht hatte, über Gebühr hätte beunruhigen lassen. Wenn auch bei den ersten sicheren Anzeichen einer neuen Meuterei rasch gehandelt werden mußte, so schien es ihm doch unüberlegt, den Gedanken an eine lauernde Auflehnung neu zu beleben durch eine allzu bereitwillige Gutgläubigkeit gegen entsprechende Nachrichten, selbst wenn sie von demjenigen seiner Untergebenen kamen, der mit der Polizeiaufsicht über die Mannschaft betraut worden war.

Vielleicht hätte dieses Gefühl ihn nicht so sehr beherrscht, wenn Claggart ihn nicht bei einer früheren Gelegenheit durch seinen offiziell bezeugten patriotischen Eifer gereizt hätte, der ihm allzu empfindlich und übertrieben vorgekommen war. Außerdem erinnerte ihn das selbstsichere und ostentative Benehmen, das der Unteroffizier bei seinen Angaben zur Schau getragen hatte, seltsam an einen Musiker, der in einem wichtigen Prozeß einen Meineid geschworen hatte vor einem Kriegsgericht, dem er, Kapitän Vere, damals selber als Leutnant angehörte.

Nachdem er Claggarts Anspielung kurz abgeschnitten und seine Rede unterbrochen hatte, fragte er:

»Sie sagen, es sei zum mindesten ein gefährlicher Mann an Bord. Nennen Sie ihn!«,

»William Budd, ein Vortoppmann, Euer Gnaden.«

»William Budd«, wiederholte Kapitän Vere mit ungeheucheltem Erstaunen; »meinen Sie den Mann, den unser Leutnant Ratcliffe erst vor kurzem von dem Kauffahrer herunterholte – der junge Bursche, der anscheinend so beliebt bei den Leuten ist – Billy, den ›hübschen Matrosen‹, wie sie ihn nennen?«

»Eben den, Euer Gnaden; und dabei, so jung und hübsch er immer sein mag, ein tiefes Wasser. Er weiß schon, warum er sich so gut stellt mit seinen Kameraden. Sie können, wenn's mal drauf ankommt, wenigstens ein gutes Wort für ihn einlegen. Hat Leutnant Ratcliffe Ihnen zufällig von der höhnischen Bemerkung berichtet, die Budd sich leistete, als er weggeführt wurde? Er sprang dabei vorn an die Spitze des Beiboots, gerade als es unter dem Achterdeck des Kauffahrers hindurchfuhr. Hinter solch lustiger Laune verbirgt er seine Wut, daß er gepreßt worden ist. Sie haben nur sein frisches Gesicht bemerkt. Unter den Rosen kann aber leicht eine Falle versteckt sein.«

Nun hatte der hübsche Matrose, der durch seine Gestalt unter den Mannschaften auffallen mußte, ganz natürlich von Anfang an auch die Aufmerksamkeit des Kapitäns auf sich gezogen. Und dieser hatte, so zurückhaltend er sonst auch gegen seine Offiziere war, dem Leutnant Ratcliffe gratuliert, daß er auf ein so auserwähltes Menschenkind gestoßen sei, welches für das Modell eines jungen Adam vor dem Sündenfall wie geschaffen schien.

Die Abschiedsworte, die Billy der *Rights-of-Man* zugerufen hatte, und die Leutnant Ratcliffe tatsächlich dem Kapitän erzählt hatte, – aber in respektvoller Gelassenheit –, hielt dieser für nichts weiter als einen guten Witz, obschon er irrtümlich an eine ironische Absicht glaubte. Er dachte darum nur desto besser von dem Manne, den man gepreßt hatte. Es gefiel ihm als Seemann, daß sich jemand auf so verständige und heitere Art mit einer zwangsweisen Anmusterung abzufinden wußte. Auch hatte das Betragen des Vortoppmanns, so weit es dem Kapitän bekannt war, den ersten günstigen Eindruck nur bestärkt. Dabei waren die seemännischen Fähigkeiten des neuen Rekruten so ausgezeichnet, daß er daran gedacht hatte, ihn dem ersten Offizier zur Beförderung vorzuschlagen, und zwar für eine Stelle, wo er ihn häufiger selber beobachten konnte, nämlich als Obermaat am Besanmast. Dort hätte er in der Steuerbordwache einen etwas älteren Mann ersetzt, den der Kapitän eben deswegen weniger für diesen Posten geeignet hielt.

Es sei nebenbei bemerkt, daß die Leute am Besanmast nicht solche Massen von schwerer Leinwand handhaben müssen wie die Matrosen am Großmast und am Fockmast, weswegen man auch gewöhnlich für diesen Posten am liebsten einen jungen Menschen, wenn er nur von der rechten Sorte ist, aussucht. Auch die Leute unter ihm sind meist jung und oft halbe Kinder. Mit einem Wort, Kapitän Vere hatte von Anfang an Billy für das gehalten, was man damals in der Sprache der Marine ein »Königsgeschäft« nannte, nämlich eine kapitale Acquisition für den königlichen Dienst um wenig Geld oder gar ganz umsonst.

Nach einer kurzen Pause, während welcher in ihm die oben erwähnten Erinnerungen wieder lebendig wurden, wog er die Bedeutung von Claggarts letzter Bemerkung: daß unter den Rosen eine Falle versteckt sein könne, bei sich ab; und je mehr er nachdachte, desto weniger traute er der Gutgläubigkeit des Berichterstatters. Plötzlich drehte er sich zu ihm: »Weshalb kommen Sie mit solchen vagen Geschichten zu mir, Waffenmeister? Was den Budd betrifft, so berichten Sie mir, ob er etwas gesagt oder getan hat, das Ihre so allgemein gehaltenen Beschuldigungen rechtfertigt. Geben Sie acht, was Sie sagen!« – dabei ging er näher auf ihn zu – »Gerade jetzt und in einem solchen Fall hat der falsche Zeuge den Strick zu gewärtigen.«

»Aber Euer Gnaden!« seufzte Claggart und schüttelte sanft seinen wohlgeformten Kopf, als verwahre er sich schmerzlich gegen einen so unverdient strengen Ton. Dann hob er den Kopf, richtete sich in selbstbewußter Zufriedenheit auf und berichtete umständlich gewisse Worte und Handlungen, die in ihrer Gesamtheit, wenn man ihnen Glauben schenkte, die schwersten Beschuldigungen und Verdächte gegen Billy zur Folge haben mußten. Er fügte hinzu, daß verschiedene von diesen Behauptungen sich unschwer würden beweisen lassen.

Mit grauen, jetzt ungeduldig und mißtrauisch gewordenen Augen versuchte Kapitän Vere Claggarts ruhige veilchenfarbene Augen in ihrer Tiefe zu ergründen, während er ihn bis zu Ende anhörte. Dann überlegte er einen Augenblick.

Claggart, der sich vorübergehend von dem prüfenden Blick des anderen frei fühlte, beobachtete dessen Stimmung mit einem ruhigen, schwer zu beschreibenden Ausdruck: neugierig, wie sein Vorgehen sich wohl auswirken würde. Vielleicht hatte einst der Wortführer unter Jakobs neidischen Söhnen so geblickt, als sie dem erschrockenen Patriarchen den blutgefärbten Rock des jungen Joseph zeigten.

Obschon Kapitän Vere's Charakter durch seine ungewöhnliche Aufrichtigkeit ein wahrer Prüfstein für jeden Menschen war, mit dem er ernstlich zu tun hatte, so hatten doch seine Vermutungen über Claggart und über das, was eigentlich in ihm vorgehen mochte, durchaus nichts von einer intuitiven Überzeugung an sich, sondern liefen eher auf einen starken Verdacht hinaus, der sich durch seltsame Zweifel behindert fühlte. Seine offensichtliche Verlegenheit betraf weniger den Beschuldigten – wie Claggart offenbar meinte – sondern vor allen Dingen den Ankläger selbst, und wie er sich am besten ihm gegenüber verhalten sollte.

Zunächst schien es ihm natürlich, von Claggart Beweise für seine Behauptungen zu verlangen, die jener versicherte beschaffen zu können. Allein durch ein solches Vorgehen würde die ganze Angelegenheit sich sofort herumsprechen, was bei der augenblicklichen Lage höchst ungünstig auf die Mannschaft wirken konnte. War aber Claggart ein Verleumder, so erledigte sich die Sache von selbst. Deshalb wollte er zuerst den Ankläger prüfen, ehe er sich mit der Sache selbst befaßte; und dies, dachte er, könne ruhig und unauffällig vor sich gehen.

Die Maßnahme, zu der er sich entschloß, verlangte einen Ortswechsel – eine Stelle, wo man nicht so leicht beobachtet wurde wie auf dem freien Achterdeck. Die wenigen Geschützoffiziere, die sich gerade dort aufhielten, hatten sich zwar, wie es die Etikette an Bord verlangte, nach Lee zurückgezogen, sobald der Kapitän seinen Spaziergang auf der Luvseite des Decks begonnen hatte. Sie hielten sich selbstverständlich auch während der Unterhaltung mit Claggart in der gleichen gehörigen Entfernung; aber obschon Kapitän Vere's Stimme während der Unterhaltung alles andere als laut war und Claggarts Stimme silbern und gedämpft, und obschon der Wind in den Tauen und das Klatschen der See das Gespräch der beiden übertönte, so hatte doch schon die lange Dauer desselben die Aufmerksamkeit einiger Matrosen in den Toppsegeln wie auch mitschiffs und weiter weg auf dem Vorderdeck erweckt.

Nachdem Kapitän Vere sich entschlossen hatte, handelte er auch sofort. Er wandte sich schroff an Claggart und fragte: »Waffenmeister, hat Budd gerade Wache?«

»Nein, Euer Gnaden.«

Worauf jener den zunächststehenden Fähnrich rief: »Herr Wilkens, bitte schicken Sie mir Albert.«

Albert war der Bursche des Kapitäns, der in dessen Verschwiegenheit und Zuverlässigkeit großes Vertrauen setzte. Der Bursche erschien: »Kennst du Budd, den Toppmatrosen?«

»Jawohl, Herr.«

»Geh und hol ihn. Er hat gerade Freizeit. Sieh zu, daß du ihm unbemerkt sagen kannst, er würde unten erwartet. Paß auf, daß er mit niemand spricht. Sprich du selber mit ihm. Und erst wenn er unten ist, keinesfalls eher, laß ihn wissen, daß ich ihn in meiner Kabine zu sprechen wünsche. Verstanden? Los! – Waffenmeister, Sie zeigen sich in der Zwischenzeit in den unteren Decks; und wenn Sie glauben, es ist so weit, daß Albert mit dem Manne eintrifft, so folgen Sie ihm unauffällig nach.«

Siebzehntes Kapitel

Als sich der Toppmatrose mit dem Kapitän und Claggart in der Kabine eingeschlossen fand, war er nicht wenig erstaunt; doch seine Verwunderung war ohne Angst und Argwohn. Das unerfahrene Gemüt eines besonders anständigen und ehrlichen Menschen wird durch das Drohen einer versteckten Gefahr nur spät, wenn überhaupt, gewarnt. Der einzige Gedanke, der in dem Kopf des jungen Matrosen auftauchte, war folgender: »Ja, ich habe immer gewußt, daß der Kapitän mir wohlgesonnen ist. Vielleicht will er mich zum Steuermann der Schaluppe machen. Das wäre mir sehr lieb. Und wahrscheinlich will er jetzt den Waffenmeister über mich befragen.«

»Ordonnanz, die Tür zu!« sagte der Kommandant. »Sie bleiben draußen und lassen niemand herein. Nun, Waffenmeister, sagen Sie diesem Mann ins Gesicht, was Sie mir über ihn gesagt haben.« Und er beobachtete die Gesichter der beiden Gegenübergestellten.

Mit dem gemessenen Schritt und dem ruhigen, beherrschten Ausdruck eines Irrenarztes, der sich im Krankensaal einem Patienten nähert, bei dem er die Zeichen eines beginnenden Paroxysmus bemerkt, ging Claggart entschlossen dicht an Billy heran, sah ihm hypnotisch in die Augen und wiederholte in kurzen Worten seine Anklage.

Anfangs begriff Billy nichts. Und als er dann begriff, verfärbten sich seine gebräunten Wangen, als habe weiße Lepra sie befallen. Er stand da, als sei er gepfählt und geknebelt. Währenddessen vollzog sich in den Augen des Anklägers, welche die blauen weitaufgerissenen Augen des andern immer noch festhielten, eine ungewöhnliche Veränderung: ihre gewöhnlich tief violette Farbe entstellte sich zu einem schlammigen Purpur. Sie verloren allen menschlichen Ausdruck und blickten eisig wie die fremden Augen eines unbekannten Tiefseewesens. Der erste hypnotische Blick verriet gebannteste Überraschung; der letzte war die verhungerte Gier des Haifisches.

»Sprich!« sagte Kapitän Vere zu dem Erstarrten, dessen Anblick ihn noch mehr erschütterte als der Claggarts. »Sprich! Verteidige dich!« Diese Aufforderung bewirkte bei Billy nur ein paar seltsam hilflose Bewegungen und ein ersticktes Gurgeln. Das starre Erstaunen über eine solche Anklage, die seine unerfahrene Jugend so plötzlich überfiel, und wohl auch das Entsetzen vor dem Ankläger, brachten seinen alten Sprachfehler ans Licht und diesmal so stark, daß er nur ein stummes Würgen zustande brachte. Dabei streckte sich sein Kopf und sein ganzer Körper nach vorwärts in der Agonie hilflosen Eifers, der Aufforderung zu gehorchen, zu sprechen und sich zu verteidigen so daß sein Gesicht den Ausdruck einer verurteilten Vestalin annahm, die man lebendig begräbt, und die sich wehrt gegen den ersten Erstickungsanfall. Kapitän Vere wußte nichts von Billy's Sprachhemmung. Jetzt aber begriff er alles sofort; er erinnerte sich an einen jungen, hochbegabten Schulkameraden, der oft in der Klasse eifrig aufgesprungen war, um als erster eine schwierige Frage des Lehrers zu beantworten, und den dann die gleiche Unfähigkeit zu sprechen befallen hatte. Er ging nahe an den jungen Matrosen heran, legte ihm beruhigend die Hand auf die Schulter und sagte: »Du brauchst dich nicht eilen, mein Junge, laß dir nur ruhig Zeit.«

Diese in einem väterlichen Ton vorgebrachten Worte, die Billy sichtlich ans Herz griffen, hatten jedoch die gegenteilige Wirkung, so daß er nur um so heftiger nach Worten rang, bis er dann sehr bald völlig erlahmte mit dem Ausdruck eines Gekreuzigten. Gleich darauf und schnell wie der Feuerschein einer bei Nacht abgefeuerten Kanone fuhr sein rechter Arm in die Höhe, und Claggart stürzte zu Boden.

Ob es nun Absicht war oder durch den hohen Wuchs des jungen Athleten so geschah, der Schlag traf mit voller Wucht die wohlgeformte Stirn des Waffenmeisters, so daß sein Körper wie eine schwere Planke der Länge nach hinfiel. Er röchelte ein- oder zweimal und rührte sich nicht mehr.

»Unglücksjunge«, flüsterte Kapitän Vere kaum hörbar, »was hast du getan? Komm jetzt und hilf mir!«

Die beiden hoben den Oberkörper des Gestürzten auf und brachten ihn in eine sitzende Stellung. Der schmale Leib gab biegsam nach, blieb aber regungslos, als ob sie eine tote Schlange in ihren Händen hielten. Sie legten ihn wieder hin. Kapitän Vere richtete sich auf, bedeckte sein Gesicht mit der Hand und blieb so unbeweglich wie der Körper zu seinen Füßen. Offenbar überlegte er all die möglichen Folgen des Geschehenen und was zu tun sei, nicht nur jetzt und sofort, sondern auch späterhin. Langsam nahm er die Hand vom Gesicht; es war wie wenn der Mond nach einer Finsternis mit ganz verändertem Antlitz wieder auftaucht.

Die väterliche Stimme, mit der er bisher zu Billy gesprochen hatte, wurde militärisch streng. In offiziellem Ton forderte er den Vortoppmann auf, sich in die rückwärts gelegene Schlafkabine, die er mit dem Finger bezeichnete, zu begeben und dort zu bleiben, bis er gerufen würde.

Billy gehorchte schweigend und mechanisch. Dann öffnete Kapitän Vere die Kabinentür, die zum Achterdeck ging, und sagte der Ordonnanz: »Jemand soll mir Albert herschicken.« Als jener kam, richtete sein Herr es so ein, daß er den am Boden Liegenden nicht sehen konnte. »Albert«, sagte er, »melde dem Arzt, ich wünschte ihn zu sehen. Du brauchst nicht wiederkommen, bis ich dich rufen lasse.«

Als der Arzt, ein selbstsicherer und erfahrener Mann, den so leicht nichts aus der Ruhe brachte, eintrat, ging Kapitän Vere auf ihn zu, wobei er ihm unabsichtlich den Anblick Claggarts verstellte. Er unterbrach die übliche zeremonielle Begrüßung und sagte: »Sagen Sie mir, wie es um diesen Mann bestellt ist«, und zeigte auf den ausgestreckten Körper.

Der Arzt sah ihn und fuhr trotz aller Selbstbeherrschung bei dem unerwarteten Anblick etwas zusammen. Über Claggarts schon immer bleiches Gesicht lief jetzt dickes schwarzes Blut aus Mund und Ohren. Für das beruflich geschulte Auge des Betrachters war das zweifellos kein lebender Mensch mehr.

»Also so steht es!« sagte Kapitän Vere, der den anderen gespannt ansah. »Ich dachte mir's, aber bestätigen Sie es bitte.«

Die übliche Untersuchung gab dem ersten Eindruck des Arztes Recht; der nun in unverstellter Besorgnis seinen Vorgesetzten mit eindringlich fragendem Blick ansah. Kapitän Vere stand bewegungslos da, die eine Hand über den Brauen. Plötzlich griff er heftig den Arm des Arztes, zeigte auf den Körper und rief: »Das Gottesurteil des Ananias! Sehen Sie nur hin!«

Der vorsichtige Arzt, der nichts von dem Vorgefallenen wußte, und den die erregte Art,, die er nie zuvor an dem Kapitän der *Indomitable* bemerkt hatte, beunruhigte, schwieg weiter und sah ihn nur ernst und fragend an, was wohl den Anlaß zu einem so tragischen Geschehen habe geben können. Aber der Kapitän stand wiederum reglos da, in seine Gedanken verloren. Dann fuhr er aufs neue zusammen und rief mit Heftigkeit: »Geschlagen durch einen Engel Gottes! Und doch muß der Engel gehängt werden!«

Diese Ausrufe, die dem über das Vorausgegangene ununterrichteten Arzt ganz unzusammenhängend vorkommen mußten, versetzten ihn in tiefe Verwirrung.

Der Kapitän nahm sich zusammen und erzählte nun kurz und in weniger schroffem Ton die Ereignisse, die zu solchem Ende geführt hatten.

»Aber kommen Sie her, wir müssen uns eilen«, setzte er hinzu; »helfen Sie mir, ihn (er meinte den Körper) in diesen Raum hinüberzutragen.«Dabei zeigte er auf eine Kabine gegenüber jener, in welcher der Vortoppmann eingeschlossen, war. Eine weitere Aufforderung, die Sache geheimzuhalten, – ein Wunsch, der den Arzt höchst merkwürdig berührte – ließ ihm, dem Untergebenen, keine andere Wahl als zu gehorchen.

»Gehen Sie jetzt«, sagte Kapitän Vere, nun wieder in seiner gewohnten Weise, »gehen Sie! Ich werde sofort ein Kriegsgericht berufen. Berichten Sie das Geschehene den Leutnants und auch Herrn Morton«, – er meinte den Hauptmann der Seesoldaten, – »und sagen Sie ihnen, daß sie die Sache für sich behalten sollen.«

Der Arzt verließ die Kabine voller Unruhe und Besorgnis. War Kapitän Vere am Ende geistig gestört, oder war es nur die vorübergehende Erregung über den so unerhörten und seltsamen Zwischenfall? Das Kriegsgericht hielt den Arzt für zum mindesten unüberlegt. Nach seiner Meinung wäre es richtiger gewesen, wenn man Billy Budd, wie in solchen Fällen üblich, eingesperrt und alle weiteren Maßnahmen aufgeschoben hätte, bis man wieder zu dem Geschwader gestoßen wäre, wo man den ungewöhnlichen Fall dem Admiral hätte unterbreiten können. Und wiederum dachte er an die seltsame Erregung und die heftigen Ausrufe des Kapitäns, die seinem üblichen Betragen so sehr widersprachen. War er wirklich gestört? Und wenn, – wie wollte man es beweisen? Was konnte er tun?

Es gibt wohl kaum eine heiklere Lage für einen Offizier als seinen Vorgesetzten wenn auch nicht für verrückt, so doch für nicht ganz bei Sinnen zu halten. Seine Befehle mit ihm zu diskutieren, würde ungebührlich sein. Den Gehorsam zu verweigern wäre Meuterei.

Also gehorchte er den Befehlen des Kapitän Vere und teilte den Leutnants und dem Hauptmann der Seesoldaten mit, was geschehen war; über den Zustand des Kapitäns schwieg er. Alle starrten ihn an, voll Sorge und Überraschung. Sie schienen wie er selber zu denken, daß ein solcher Fall vor den Admiral gehöre.

Wer könnte wohl in einem Regenbogen genau die Linie angeben, wo das Violett aufhört und das Orange beginnt? Wir sehen zwar deutlich die verschiedenen Farben, aber nicht den genauen Ort, wo die eine in die andere übergeht. So ist es auch mit Vernunft und Wahnsinn. In ausgesprochenen Fällen gibt es da keinen Zweifel. In manchen Fällen aber, wo die Unterschiede variieren und weniger genau zu bezeichnen sind, werden wenige es wagen, die Grenzlinie zu bestimmen, ausgenommen vielleicht ein paar professionelle Sachverständige für entsprechendes Honorar. Denn es gibt nichts auf der Welt, was gewisse Leute nicht gegen Bezahlung tun. Kurzum, es ist bisweilen fast unmöglich, festzustellen, ob ein Mann bei Verstand ist oder drauf und dran, ihn zu verlieren. Ob Kapitän Vere wirklich, wie der Arzt nach seiner Berufserfahrung vermutete, plötzlich einer gewissen geistigen Verwirrung zum Opfer gefallen war, das möge jeder für sich beurteilen nach dem Licht, das von dieser Erzählung auf die Dinge fällt.

Achtzehntes Kapitel

Das unglückliche Ereignis, das wir berichtet haben, hätte in keinem schlimmeren Augenblick geschehen können. Die Meutereien waren eben unterdrückt worden, und die darauf folgende Zeit war sehr schwierig für alle Autorität zur See; denn sie verlangte von jedem englischen Kommandanten zwei selten zusammengehende Eigenschaften: Vorsicht und Strenge. Es kam hinzu, daß der Fall etwas bedrückend Ausgeloses an sich hatte.

In dem Gaukelspiel der Umstände vor und während des Ereignisses an Bord der *Indomitable* wie auch im Licht der Kriegsgesetze, nach welchen formell geurteilt werden mußte, tauschten Unschuld und Schuld, verkörpert in Claggart und Budd, ihre Plätze.

Nach legaler Auffassung war offenbar derjenige das Opfer der Tragödie, der seinerseits versucht hatte, einen untadeligen Mann zu opfern, während die unbestreitbare Tat des letzteren für den Seemann eines der schändlichsten militärischen Vergehen war. Aber nicht genug damit. Je eindeutiger sich Recht und Unrecht in dieser Sache erwiesen, desto schwieriger wurde es für einen loyalen, seiner Verantwortung bewußten Seemann, diesen Fall, wie er verpflichtet war, auf der primitiven Grundlage des Gesetzes zu entscheiden.

Kein Wunder also, wenn der Kapitän der *Indomitable* fühlte, wie sehr Umsicht not tat und ebenso Entschlossenheit. Bevor er sich für irgendwelche Maßnahmen und Einzelheiten entschied, und bevor er an ihre Durchführung dachte, hielt er es für geraten, jede Öffentlichkeit mit Rücksicht auf all die näheren Umstände, soweit es irgend ging, zu vermeiden. Er mag nun hierin geirrt haben oder nicht – sicher ist, daß sein Verhalten hernach in den vertraulichen Gesprächen der Offiziere, wie sie immer wieder in den Messeräumen und Kabinen stattfanden, ziemlich lebhaft kritisiert wurde: was seine Freunde und besonders sein Vetter Jack Dalton der Eifersucht auf die Karriere des ›Sternen‹-Vere zuschieben wollten.

Der Fall lag so, daß der Kapitän der *Indomitable* am liebsten jede weitere Maßnahme zurückgestellt und lediglich den Vortoppmann in strenger Haft belassen hätte, bis das Schiff wieder zum Geschwader gestoßen wäre, um alsdann die Sache dem Admiral zu unterbreiten.

Aber ein rechter Soldat und Offizier denkt in gewisser Hinsicht wie ein Mönch, der mit nicht geringerer Selbstverleugnung das Gelübde seines Mönchsgehorsams einhalten wird wie jener seine beschworenen soldatischen Pflichten.

Nur ein schnelles Handeln – das fühlte Kapitän Vere – würde verhindern können, daß die Tat des Vortoppmanns, sobald sie erst auf dem Kanonendeck bekannt geworden war, den noch glimmenden Zunder von Nore unter den Mannschaften wieder anfachte. Und dieses Gefühl der Dringlichkeit überwog bei ihm alle anderen Überlegungen.

Er war gewissenhaft in allen Fragen der Disziplin, aber kein Freund der Autorität um der bloßen Autorität willen. Nichts lag ihm ferner, als die Gefahren moralischer Verantwortung, wenn die Gelegenheit es erlauben sollte, eigenmächtig an sich zu reißen, solange es noch möglich war, sie offiziell einem höheren Vorgesetzten zu überlassen oder sie mit gleichgeordneten, ja selbst mit untergeordneten Offizieren zu teilen.

Unter diesen Umständen war es ihm willkommen, daß er die Sache, ohne damit gegen den Brauch zu handeln, einem Kriegsgericht seiner eigenen Offiziere übergeben konnte, wobei er sich, da ja die letzte Entscheidung bei ihm lag, das Recht vorbehielt, eine Kontrolle auszuüben und, wenn es nötig war, offiziell oder nicht offiziell zu intervenieren.

Es wurde also sogleich ein Kriegsgericht eingesetzt, dessen Mitglieder er selbst auswählte, und zwar den Ersten Offizier, den Hauptmann der Seesoldaten und den Ersten Steuermann.

Vielleicht wich der Kapitän dadurch vom allgemeinen Brauch ab, daß er in diesem Fall, der einen Matrosen betraf, zu den Marineoffizieren einen Infanterieoffizier hinzuwählte. Er fühlte sich dazu bewogen durch seine Meinung über diesen Offizier, den er für einen urteilsfähigen und überlegenden Soldaten hielt, der auch in einem schwierigen Fall, für den seine eigenen Erfahrungen ihm keinen Anhalt boten, sich würde zurechtfinden können.

Aber dennoch hatte er einige geheime Bedenken: denn gleichzeitig war dieser Offizier überaus gutmütig, aß viel und gern, schlief einen gesunden Schlaf und neigte zum Dickwerden: kurzum, ein Mann, der zwar in der Schlacht stets seinen Mut beweisen würde, aber in einem moralischen Dilemma mit tragischem Einschlag vielleicht nicht für ganz zuverlässig gelten konnte. Über den Ersten Offizier und den Ersten Steuermann mußte Kapitän Vere sich klar sein, daß sie Ehrenmänner von bewiesener Tapferkeit waren, aber eigentlich nur etwas von den Dingen der Seefahrt und von den kriegerischen Pflichten ihres Berufs verstanden.

Das Gericht trat zusammen in derselben Kabine, wo das Unheil geschehen war. Es war die Kabine des Kapitäns, die den ganzen Raum unter dem Achterdeck einnahm.

Hinten führte zu beiden Seiten eine Tür in Schlafkabinen – die eine gegenwärtig Gefängnis, die andere Totenraum. Dazwischen lag ein dritter schmalerer Raum mit einem nicht sehr großen Oberlichtfenster. Er lief am Heck in ein Oval aus, das wieder über die Schiffsbreite ging und an beiden Seiten Luken hatte, die leicht in

Schießscharten für Kanonen auf nahe Entfernung umgewandelt werden konnten.

Alles war schnell bereit, und Billy Budd wurde unter Anklage gestellt. Kapitän Vere, der notwendigerweise als der einzige Zeuge in dieser Angelegenheit auftreten und damit vorübergehend seinen Rang aufgeben mußte, wußte diesen dennoch durch eine anscheinend ganz gleichgültige Maßnahme zu betonen, indem er seine Aussage auf der Wetterseite des Schiffes machte, so daß das Gericht auf die Leeseite zu sitzen kam. Er berichtete genau alle Umstände, die zur Katastrophe geführt hatten, ließ nichts aus, weder von Claggarts Anklage, noch von der Art, wie der Häftling sie aufgenommen hatte. Nach diesem Bericht sahen die drei Offiziere mit nicht geringem Erstaunen Billy Budd an, von dem sie am allerwenigsten vermutet hätten, daß er meuterische Pläne hegte, wie Claggart behauptet hatte, oder daß er jene Tat begehen konnte, die er doch offensichtlich begangen hatte.

Der erste Offizier übernahm die Leitung des Verhörs und wandte sich an den Häftling mit den Worten:

»Kapitän Vere hat gesprochen. Ist es so, wie der Kapitän sagt, oder ist es nicht so?«

Die Antwort kam in einzelnen Silben heraus, doch nicht so stockend, wie man hätte erwarten können.

»Kapitän Vere sagt die Wahrheit. Es ist so, wie Kapitän Vere sagt, aber nicht so, wie der Waffenmeister gesagt hat. Ich habe das Brot des Königs gegessen und bin dem König treu.«

»Ich glaube dir, mein Junge«, sagte der Kapitän, dessen Stimme unterdrückte Bewegung verriet.

»Gott segne Euer Gnaden dafür«, sagte Billy nicht ohne zu stammeln und brach fast zusammen. Aber sogleich zwang eine neue Frage ihn, sich zusammenzunehmen. Er beantwortete sie in derselben gehemmten Weise:

»Nein, es gab keine Feindschaft zwischen uns, ich habe nichts gegen den Waffenmeister gehabt. Es tut mir leid, daß er tot ist. Ich wollte ihn nicht töten. Hätte ich reden können, so hätte ich nicht zugeschlagen. Aber er log mir gemein ins Gesicht vor meinem Kapitän, und ich mußte etwas erwidern und konnte es nur durch einen Schlag tun. Gott helfe mir!«

Durch die offene impulsive Art des Redens verstand das Gericht nunmehr jene Worte, die zuerst nur Staunen erregt hatten, weil der Zeuge der Tragödie sie gesprochen hatte, als Billy sich so leidenschaftlich gegen den Verdacht der Meuterei wehrte – die Worte: »Ich glaube dir, mein Junge.«

Als Nächstes fragte man, ob er irgend etwas von beginnenden Unruhen unter irgendeinem Teil der Besatzung wisse oder vermute (der Ausdruck Meuterei wurde vermieden).

Die Antwort kam zögernd, was das Gericht der gleichen Sprachbehinderung zuschrieb, die auch die voraufgegangenen Antworten verzögert oder unterdrückt hatte.

Doch es lag anders: denn die Frage rief sofort in Billy die Erinnerung wach an jene Unterredung, die er mit dem Mann von der Achterdeckwache an den Fockrüsten gehabt hatte. Aber der angeborene Widerwille, eine Rolle zu übernehmen, die auch nur von fern nach einem Angeber von Kameraden aussah, überwältigte ihn, wie ihn damals das gleiche primitive und unerfahrene Ehrgefühl mißleitet hatte, so daß er keinen Bericht erstattete, wozu er als loyaler Matrose eines Kriegsschiffes verpflichtet war – eine Pflicht, durch deren nachgewiesene Verletzung er die schwerste Strafe verwirkt haben würde. Außerdem war er fest und blindlings überzeugt, daß wirklich keinerlei Komplott im Gange war. Und so gab er eine verneinende Antwort.

»Noch eine Frage«, sagte der Hauptmann der Seesoldaten, indem er zum erstenmal mit ernster Besorgnis das Wort nahm: »Sie sagen, was der Waffenmeister gegen Sie vorgebracht habe, sei eine Lüge gewesen. Warum aber soll er so gelogen haben, so ganz gemein gelogen haben, wo doch, wie Sie sagen, keinerlei Feindschaft zwischen Ihnen bestand?«

Diese Frage, die ganz unabsichtlich an eine seelische Sphäre rührte, von der Billy's Denken nichts wußte noch ahnte, verwirrte ihn so, daß gewisse Beobachter, wie man sich leicht vorstellen kann, wohl bereit gewesen wären, daraus auf den unfreiwilligen Verrat einer geheimen Schuld zu schließen. Trotzdem versuchte er irgendwie zu antworten, gab aber gleich das aussichtslose Bemühen auf und warf einen fragenden Blick auf Kapitän Vere, den er für seinen besten Freund und Helfer hielt.

Kapitän Vere, der sich für eine Weile hingesetzt hatte, erhob sich wieder und sprach dann zu dem Fragesteller:

»Ihre Frage ist die natürlichste von der Welt. Aber kann er sie wirklich beantworten? oder überhaupt irgend jemand außer jenem, der da drinnen liegt?«, wobei er auf die Kammer zeigte, in welcher der Leichnam ruhte. »Der aber wird sich nicht erheben, unseren Fragen Antwort zu geben. Tatsächlich hat Ihre Frage, wie mir scheint, kaum materiellen Belang. Denn was für Beweggründe der Waffenmeister haben mochte, so zu handeln, und welcher Anlaß den Schlag hervorrief, das geht das Kriegsgericht nichts an, das seine Aufmerksamkeit lediglich auf die Folgen des Schlags zu richten hat, welche Folgen nicht anders beurteilt werden können, denn als die Tat des Schlägers!«

Nach diesen Ausführungen warf Billy, der ihre ganze Tragweite zweifellos nicht begriff, einen fragenden, hilfesuchenden Blick auf den Sprecher, wie wohl ein Hund von guter Rasse seinen Herrn ansieht, um in seinem Gesicht eine Erklärung zu finden für eine Geste, die sein einfacher Hundeverstand nicht begreifen kann. Aber auch auf die drei Offiziere hatten diese Ausführungen eine merkliche Wirkung, zumal auf den Hauptmann der Seesoldaten. Sie schienen ihnen auf etwas Unvermutetes hinauszulaufen und auf ein vorgefaßtes Urteil auf seiten des Sprechers. Ihre Verwirrung, die schon vorher zu bemerken war, nahm dadurch noch zu.

Der Hauptmann der Seesoldaten ergriff wieder das Wort in einem Ton fühlbarer Bedenklichkeit, indem er sich gleichzeitig an seine Kameraden und an Kapitän Vere wandte:

»Hier ist niemand – niemand von der Besatzung, meine ich, der indirekt, wenn das überhaupt möglich ist, Licht in das, was noch mysteriös an dieser Sache ist, bringen könnte.«

»Das sind wohlüberlegte Worte«, sagte Kapitän Vere, »ich sehe, wo Sie hinauswollen. Ja, es gibt hier ein Mysterium, – das ›Mysterium der Sünde‹, um ein Wort der Schrift zu gebrauchen, das nur die Psychologen unter den Theologen angeht, aber keineswegs ein militärisches Gericht. Außerdem ist für uns jede weitere Untersuchung in dieser Richtung abgeschnitten, weil jener da drinnen – und er zeigte wieder auf den Totenraum – sein Schweigen nicht brechen wird. Wir haben nur mit der Tat des Häftlings zu tun, mit weiter nichts.«

Hierauf und besonders auf die nachdrücklichen Schlußworte wußte der Hauptmann der Seesoldaten nicht, was er füglich antworten sollte; und so sagte er bedrückten Herzens gar nichts.

Der Erste Offizier, der anfangs die Leitung der Untersuchung als etwas Selbstverständliches übernommen hatte, nahm sie auf einen prüfenden Blick des Kapitäns hin – ein Blick, der mehr als Worte sagte – nun wieder auf.

Er wandte sich an den Häftling und sagte mit unsicherer Stimme:

»Budd, wenn Sie noch etwas für sich selber zu sagen haben, sagen Sie es jetzt.«

Auf diese Worte warf der junge Matrose wiederum einen schnellen Blick zu Kapitän Vere hinüber. Dann antwortete er, indem er dessen Haltung für eine Bestätigung seiner eigenen Empfindung nahm, daß Schweigen hier das Richtigste wäre:

»Herr Leutnant, ich habe alles gesagt.«

Die Ordonnanz, die vor der Kabine auf Posten gestanden hatte, als der Vortoppmann und hinter ihm der Waffenmeister sie betraten, und jetzt während des ganzen Verhörs neben ihm stand, erhielt nun den Befehl, den Häftling wieder in die Kabine abzuführen, die ihm mit seinem Wächter ursprünglich angewiesen worden war.

Als die beiden verschwanden, bewegten sich die drei Offiziere alle zugleich auf ihren Stühlen, als löse sich eine gewisse Spannung in ihnen, die die bloße Anwesenheit Billy's verursacht hatte. Sie sahen sich gegenseitig verwirrt und unentschlossen an, fühlten aber wohl, daß sie sich entscheiden mußten, und zwar sehr bald; denn Kapitän Vere hatte ihnen den Rücken zugedreht und sah wie geistesabwesend durch die Fensterluke auf das eintönig im Zwielicht glänzende Meer.

Indessen schien das andauernde Schweigen des Gerichts, das nur zuweilen durch kurze Beratungen in gedämpftem und ernstem Ton unterbrochen wurde, ihn sicherer und entschlossener zu machen. Er wandte sich um und ging in der Kabine hin und her, wobei er jedesmal, wenn er sich nach Luv zurückwandte, mühsam das im Schlingern des Schiffes sich schräg aufrichtende Deck hinanstieg. Jetzt blieb er vor den Dreien stehen. Er prüfte ihre Gesichter und schien weniger darüber nachzusinnen, welche von seinen Gedanken er wohl zur Sprache bringen solle, als wie er sie am besten den wohlmeinenden aber geistig nicht völlig reifen Männern klarmachen könne. Er müßte ihnen hierbei gewisse Voraussetzungen erläutern, die für ihn selber das Gewicht von Axiomen hatten.

Was er sagte, war etwa folgendes:

»Bisher war ich nur Zeuge, kaum mehr; und auch jetzt würde ich nicht daran denken, einen anderen Ton anzuschlagen als den eines Beisitzers, wenn ich nicht an Ihnen – und obendrein in einem so kritischen Augenblick – ein sorgenvolles Zaudern bemerkte, das ohne Frage herrührt aus dem Zusammenstoß militärischer Pflicht und moralischer Bedenken, die noch durch Mitleid verstärkt werden.

Was Ihr Mitleid betrifft, wie sollte ich es wohl nicht teilen? Aber im Gedanken an die oberste Pflicht schütze ich mich gegen Zweifel, die den Willen zur Entscheidung schwächen könnten. Ich verheimliche mir nicht etwa, meine Herren, daß dies ein ungewöhnlicher Fall ist. Philosophisch betrachtet könnte man ihn sehr wohl einer Jury von Kasuisten unterbreiten. Aber für uns hier, die wir weder Kasuisten noch Moralisten sind, ist es ein praktischer Fall, der nach Kriegsrecht praktisch beurteilt werden muß.

Und Ihre Skrupel? Scheinen sie Ihnen dunkel zu sein? Dann prüfen Sie dieselben so lange, bis sie ans Licht kommen und sich selber erklären! Laufen Ihre Zweifel dann nicht ungefähr auf das Folgende hinaus: Nehmen wir an, der Tod des Waffenmeisters sei die Tat des Häftlings; ist diese Tat dann nicht ein Kapitalverbrechen, auf welches Todesstrafe steht? Darf aber das Recht nur die ausgeführte Tat berücksichtigen? Können wir einen Mitmenschen, der, wie wir wissen, unschuldig ist vor Gott, einfach zu einem schändlichen Tode verurteilen? Sind das Ihre Fragen? Sie stimmen mir voll Betrübnis zu. Nun, auch ich fühle diesen Druck. So will's die Natur. Aber verpflichten diese Sterne, die wir auf den Achselstücken tragen, uns zum Gehorsam gegen die Natur? Nein, sondern gegen den König! Und wenn auch der Ozean, dies Urbild ursprünglicher und unversehrter Natur, das Element ist, das uns Seeleute und unser Leben trägt – sind darum unsere Pflichten, die wir Offiziere des Königs sind, von der gleichen selbstverständlichen Natürlichkeit? Das gilt so wenig, daß wir sogar alle natürliche Handlungsfreiheit aufgeben, sobald wir in unseren Dienst treten. Wenn Krieg erklärt wird, fragt man etwa vorher uns Soldaten von Beruf? Man befiehlt uns, zu kämpfen. Billigen wir obendrein für uns den Krieg, so ist das nur ein glücklicher Zufall. Und so ist es in vieler Hinsicht. Auch in diesem Falle hier: denn sind wir es selber, die das Urteil fällen, oder nicht vielmehr das Kriegsgesetz, das durch uns hindurch sein Recht fordert? Für dieses Recht, wie für seine Strenge sind wir nicht verantwortlich. Unsere beschworene Pflicht besteht darin, dieses Gesetz zu befolgen und anzuwenden, einerlei wie mitleidlos es sich auswirkt.

Freilich, das Ungewöhnliche des Falles greift Ihnen ans Herz. Mir geht es nicht anders. Aber hüten wir uns, daß nicht ein warmes Herz den Kopf betrügt, der kalt bleiben muß. Würde denn zu Lande ein ehrlicher Richter sich beim Verlassen des Saales durch irgendeine gefühlvolle Verwandte des Angeklagten einwickeln lassen, die ihn mit tränenreichen Bitten rühren will? Unser Herz spielt hier die Rolle eben dieser mitleidigen Frau. Das Herz ist der weibliche Teil im Manne und muß hier abgewiesen werden, so schwer es immer fallen mag.«

Er hielt für einen Augenblick inne, um sie eindringlich zu prüfen; dann fuhr er fort:

»Es scheint aber nach Ihren Mienen, als ob nicht nur das Herz sich in Ihnen regt, sondern auch das Gewissen. Ihr eigenstes privates Gewissen. Nun, dann antworten Sie mir, ob wir in unseren Stellungen nicht die Pflicht haben, unser eigenes Gewissen dem Gewissen der Nation unterzuordnen, das in jenem Kriegsrecht niedergelegt ist, nach dem allein wir nun offiziell zu richten haben.«

Hier wurden die drei Männer auf ihren Sitzen unruhig, da diese Ausführungen sie eher erregten als überzeugten und den Konflikt in ihrem Inneren nur noch verschärften.

Als der Redende dies bemerkte, schwieg er eine Weile; dann änderte er schroff seinen Tonfall und fuhr fort:

»Wir wollen, um fest zu bleiben, uns an die Tatsachen halten. Ein Matrose an Bord eines Kriegsschiffes schlägt in Kriegszeiten seinen Vorgesetzten, und der Schlag tötet diesen. Abgesehen von seiner Wirkung ist dieser Schlag an sich schon nach den Kriegsartikeln ein tödliches Verbrechen. Außerdem –«

»Gewiß!« unterbrach ihn hier ganz erregt der Hauptmann der Seesoldaten; »in einer Hinsieht stimmt dies. Aber zweifellos beabsichtigte Budd weder Mord noch Meuterei.«

»Sicherlich nicht, mein Bester! Und vor einem weniger despotischen und mitleidigeren Gericht als einem Kriegsgericht würde dieser Einwand in hohem Maße strafmildernd wirken. Vor den Geschworenen würde er zu Freispruch führen. Aber hier? Wir haben nach dem Meutereiparagraphen zu richten. Kein Kind kann seinem Vater ähnlicher sehen als dieses Gesetz seinem Erzeuger, nämlich dem Krieg.

Im Dienste Seiner Majestät, auf eben diesem Schiffe hier, befinden sich Engländer, die man gezwungen hat, gegen ihren Willen für den König zu kämpfen; – auch gegen ihr Gewissen, soweit wir darüber urteilen können. Als Mitmenschen nun dürfen wir hier ihrer Lage Rechnung tragen; aber darf sie uns als Seeoffiziere überhaupt etwas angehen? Und noch weniger kümmert sich der Feind darum. Er würde unsere gepreßten Leute genau so niedermetzeln wie unsere Freiwilligen. Und wir denken nicht anders über die gepreßten Leute auf der Feindesseite, obschon einige unter ihnen das französische Direktorium und seinen Königsmord genau so verabscheuen werden wie wir. Der Krieg kennt nur das Äußere, die Fassade. Und die Meutereiakte ist ein Kriegskind und schlägt nach dem Vater. Ob Budd absichtlich oder unabsichtlich gehandelt hat, geht uns nichts an.

Aber während ich mich hier wiederhole in Rücksicht auf Ihre Bedenken, die ich ehren muß; während wir einen Prozeß, der kurz und bündig sein müßte, in die Länge ziehen, kann der Feind gesichtet werden und kann sich ein Treffen entwickeln. Wir müssen handeln und müssen von zwei Dingen eines tun: verurteilen oder freisprechen.«

»Können wir nicht verurteilen, aber die Strafe mildern?« fragte der junge Leutnant, der zum erstenmal sprach und mit einem Zittern in der Stimme.

»Herr Leutnant, nehmen Sie an, es wäre unter den gegebenen Umständen möglich und rechtens; was würden die Folgen solcher Milde sein? Die Leute (er meinte die Besatzung) haben einen angeborenen Instinkt; die Mehrzahl kennt sich überdies in den Gewohnheiten und Überlieferungen der Marine sehr gut aus. Wie würden sie ein solches Urteil aufnehmen? Und selbst, wenn Sie es ihnen erklären würden, was Ihre Stellung als Offizier Ihnen verbietet, so sind sie von früh auf durch strengste Disziplin erzogen und verfügen nicht über den Grad verantwortlicher Einsicht, der es ihnen möglich machen würde, feinere Unterschiede zu erkennen und abzuwägen. Nein, für diese Leute wird die Tat des Vortoppmannes, einerlei welchen Namen wir ihr in der Proklamation geben, immer nur glatter Totschlag sein, begangen in einem Akt flagranter Meuterei. Welche Strafe darauf steht, das wissen sie. Aber die Strafe erfolgt nicht. Warum? werden sie sich fragen. Sie wissen ja, wie Matrosen sind. Werden sie nicht sofort an den jüngsten Aufruhr bei Nore denken? Sie wissen sehr genau, wie begründet die Angst war – die Panik, die ganz England ergriff. Ihr mildes Urteil werden sie für feige halten. Sie werden glauben, wir wichen zurück und fürchteten uns vor ihnen, – fürchteten uns, die ganze Strenge des Gesetzes anzuwenden, zumal in dieser kritischen Lage, aus Angst vor neuen Unruhen. Welche Schande wären solche Überlegungen der Leute für uns, und welche tödliche Gefahr für die Disziplin!

Sie sehen also nun, welchen Weg ich, durch Pflicht und Gesetz bewogen, zu gehen entschlossen bin. Aber ich bitte Sie, meine Freunde, verstehen Sie mich nicht falsch. Ich fühle genau wie Sie mit dem unglücklichen Jungen. Und würde er unsere Herzen kennen, er wäre, glaube ich, edelmütig genug, auch seinerseits mit uns zu fühlen, auf denen die militärische Notwendigkeit mit so erdrückendem Zwange lastet.«

Nach diesen Worten ging er durch die Kabine, nahm seinen alten Platz bei der Luke wieder ein und überließ schweigend die drei sich selber, damit sie zu einer Entscheidung kämen.

Das Gericht saß stumm und bedrückt auf der anderen Seite der Kabine. Als treue, einfache und praktische Untergebene waren sie weder fähig noch geneigt, jemand zu widersprechen, von dem sie fühlten, wie ernst er es meinte und wie überlegen er ihnen war, sowohl an Rang wie an Verstand, obschon sie im Grunde in einigen Punkten, die Kapitän Vere ihnen auseinandergesetzt hatte, anderer Meinung waren.

Es ist aber nicht ganz unwahrscheinlich, daß seine Worte sie zwar beeinflußten, aber weniger stark auf sie wirkten als der abschließende Appell an ihre seemännische Haltung, und als die Überlegung, welche Folgen es für die Disziplin haben würde, zumal bei der derzeitigen unsicheren Stimmung in der Flotte, wenn man die Tat eines Matrosen an Bord eines Kriegsschiffes, der seinen Vorgesehen gewaltsam niedergeschlagen hatte, anders beurteilte als ein todwürdiges Verbrechen, dem die Strafe auf dem Fuß zu folgen habe.

Vermutlich befanden sie sich in einem ähnlichen Gemütszustand wie jener Kommandant der amerikanischen Fregatte *Somers* im Jahre 1842, welcher damals den Entschluß faßte, auf hoher See einen Fähnrich und zwei Unteroffiziere als Meuterer hinrichten zu lassen, die den Plan hatten, sich des Schiffes zu bemächtigen. Der Entschluß wurde ausgeführt, obschon in Friedenszeit und nur wenige Tagereisen vom Hafen entfernt. Er wurde kurz darauf von einem Flottengericht, das auf dem Festland zusammentrat, bestätigt – ein geschichtliches Ereignis, das hier ohne Kommentar berichtet wird.

Kurzum, Billy Budd wurde für schuldig erklärt und verurteilt: nach verflossener Nacht in den frühen Morgenstunden der ersten Wache an der großen Rahe erhängt zu werden.

Es war bereits Nacht; sonst wäre das Urteil, wie es in solchen Fällen üblich ist, sofort vollstreckt worden. In Kriegszeiten wird, im Felde wie zur See, das Todesurteil eines Kriegsgerichts – im Felde genügt bisweilen ein bloßes Kopfnicken des Generals – sofort und ohne jede Berufung vollzogen.

Neunzehntes Kapitel

Es war Kapitän Vere selber, der auf seinen eigenen Vorschlag hin dem Häftling das Urteil des Gerichts mitteilte. Er ging zu diesem

Zweck hinüber zu dem Raum, wo jener eingeschlossen war, und befahl dem Soldaten dort, sich für einen Augenblick zurückzuziehen.

Was außer dieser Mitteilung noch in jener Unterhaltung gesprochen wurde, hat nie jemand erfahren. Indessen darf man einige bestimmte Vermutungen bei dem Charakter der beiden für diese kurze Zeit in jenem Raum eingeschlossenen Männer wagen, von denen jeder so seltene Eigenschaften besaß, daß durchschnittliche Seelen sie kaum für möglich halten werden.

Es würde dem Geist unseres Kapitäns Vere entsprochen haben, wenn er bei dieser Gelegenheit dem Verurteilten nichts verheimlicht hätte – ja, wenn er ihm sogar offen bekannt hätte, welchen Anteil er selber an der gefallenen Entscheidung genommen habe, und welche Gründe ihn dazu veranlaßt hatten.

Was Billy betrifft, so ist es nicht unwahrscheinlich, daß er ein solches Bekenntnis in der gleichen Gesinnung aufnahm. Wahrscheinlich empfand er eine gewisse Freude darüber, daß sein Kapitän eine so wackere Meinung von ihm hatte und ihn so ehrenvoll in sein Vertrauen zog; auch mußte er fühlen, daß er ihm das Urteil mitteilte als einem Manne, der den Tod nicht fürchtet. Und noch mehr läßt sich vermuten. Kapitän Vere könnte zuletzt eine Leidenschaft bekannt haben, die für gewöhnlich unter einem stoischen oder gleichgültigen Äußeren verborgen blieb. Er war so alt, daß er Billy's Vater hätte sein können. Am Ende mag der strenge und seiner Soldatenpflicht ergebene Mann zu jenen Gefühlen zurückgefunden haben, die trotz unserer im Konventionellen erstorbenen Menschlichkeit in uns lebendig bleiben, so daß er Billy an sein Herz zog, wie einst Abraham den jungen Isaak umarmte, ehe er sich entschloß, ihn im Gehorsam gegen das furchtbare Gebot zu opfern.

Aber wer vermag zu sagen, welche Opfer zwei Menschen zu bringen imstande sind, die die große Natur aus ihren edelsten Stoffen gebildet hat. Hier gilt das Geheimnis, das der Überlebende zu achten hat; und die Vorsehung bedeckt am Ende alles mit Vergessenheit, die das Schicksal ist jeder großherzigen Tat, in der sich unsere göttliche Herkunft bezeugt.

Der nächste, der dem Kapitän Vere begegnete, als er die Kabine verließ, war der Erste Offizier. Für den Mann, der immerhin seine fünfzig Jahre zählte, war der Anblick des Gesichts, in welchem sich in diesem Augenblick die Agonie eines starken Willens spiegelte, eine erschütternde Offenbarung. In einer Szene, die wir bald werden beschreiben müssen, zeigte es sich deutlich durch einen Ausruf des Verurteilten, daß er weniger litt als derjenige, der diese Verurteilung vor allem herbeigeführt hatte.

Die Erzählung einer Reihe von Begebenheiten, die schnell und kurz aufeinander folgen, darf ihrerseits mehr Zeit beanspruchen, zumal wenn hin und wieder ein erklärender Kommentar eingreifen muß.

Zwischen dem Augenblick, wo der eine die Kabine betreten hatte, die er lebend nicht wieder verlassen sollte und der andere nur als ein zum Tode Verurteilter – zwischen diesem Augenblick und dem soeben geschilderten Gespräch hinter verschlossenen Türen waren kaum anderthalb Stunden verstrichen. Immerhin genügte diese Zeit, um die verschiedensten Leute der Besatzung zu Spekulationen zu veranlassen, was denn nur der Grund sei, daß der Waffenmeister und der Matrose so lange in der Kabine blieben; denn es hatte sich schon herumgesprochen, daß man beide hatte hineingehen aber keinen wieder herauskommen sehen.

Dieses Gerücht war bis aufs Kanonendeck und bis zu den Toppsegeln gelangt. Die Leute eines großen Kriegsschiffes sind wie Dorfbewohner, die jedes ungewohnte Ereignis mikroskopisch genau beobachten. Daher war die Besatzung, als um die zweite Hundswache bei einem keineswegs stürmischen Wetter ›alle Mann an Deck‹ gerufen wurden – was unter solchen Umständen und zu solcher Stunde sehr auffallend war – nicht ganz unvorbereitet für irgendeine ungewöhnliche Mitteilung, die sich vermutlich auf die lange Abwesenheit der beiden von ihrem gewohnten Posten bezog.

Es ging um diese Zeit eine schwache Dünung, und der eben auf- getauchte Vollmond versilberte das Deck, soweit es nicht von den scharf umrissenen Schatten der Gegenstände und der hin und her eilenden Menschen bedeckt war.

Die Wache in Waffen war zu beiden Seiten des Achterdecks auf- gezogen, und Kapitän Vere, hoch aufgerichtet und von allen Offi- zieren umgeben, sprach zu seinen Leuten. Hierbei war in seinem Wesen nichts, das nicht genau der obersten Stellung entsprach, die er auf seinem eigenen Schiff einnahm. In kurzen, klaren Worten berichtete er, was in der Kabine geschehen war: daß der Waffenmeister tot sei; daß derjenige, der ihn getötet hatte, bereits vom Kriegsgericht vernommen und zum Tode verurteilt worden sei, und daß die Hinrichtung in den frühen Morgenstunden stattfinden würde. Das Wort ›Meuterei‹ kam in seinem Bericht nicht vor. Er benutzte auch nicht die Gelegenheit, um sich über die Aufrechterhaltung der Disziplin zu verbreiten; vielleicht dachte er, daß beiden gegenwärtigen Zuständen in der Flotte die Folgen verletzter Disziplin für sich selber sprechen würden.

Die Masse der vor ihrem Kapitän stehenden Matrosen hörte seine Worte so stumm an, wie eine Schar höllengläubiger Calvinisten den Verkündigungen ihres Pfarrers lauscht.

Dennoch erhob sich am Ende ein wirres Murmeln, das sofort anzuschwellen begann, aber dann auf ein Zeichen durch die schrille Pfeife des Steuermanns und durch das Kommando: ›Auf Station!‹ unterbrochen und niedergehalten wurde.

Claggarts Leichnam wurde einigen Unteroffizieren aus seiner Messe übergeben, um ihn für das Begräbnis vorzubereiten.

Damit das Folgende nicht durch Nebensächlichkeiten belastet wird, sei hier erwähnt, daß zu geeigneter Stunde der Waffenmeister ins Meer gelassen wurde mit allen Ehren, die seinem Rang in der Marine entsprachen. Hierbei, wie auch bei jeder weiteren öffentlichen Maßnahme, die das Unglück nach sich zog, wurde jedes Herkommen aufs genaueste beobachtet. Wäre man im geringsten im Hinblick auf Claggart oder Billy Budd davon abgewichen, so hätte die Besatzung unerwünschte Betrachtungen daran geknüpft; denn die Matrosen, und besonders die der Kriegsmarine sind, was Brauch und Sitte betrifft, die schlimmsten Nörgler der Welt. Aus dem gleichen Grunde war auch jeder Verkehr zwischen Kapitän Vere und dem Verurteilten mit der Unterredung hinter verschlossener Tür beendet; der letztere wurde nunmehr den üblichen Vorbereitungen, unterworfen, die dem Ende vorausgehen. Er wurde von den Räumen des Kapitäns ohne besondere Vorsichtsmaßnahmen – wenigstens waren sie nicht sichtbar – weggeführt.

Es ist ein stillschweigendes Übereinkommen an Bord jedes Kriegsschiffes, daß man die Mannschaften nie auch nur vermuten läßt, ihre Offiziere könnten mit irgendeiner Auflehnung rechnen. Und je mehr man wirkliche Unruhen befürchtet, um so mehr behalten die Offiziere ihre Befürchtungen für sich, doch nicht ohne zugleich ihre unauffällige Wachsamkeit zu verdoppeln. In diesem Falle hatten die Posten, welche den Gefangenen bewachten, strikte Anweisung erhalten, niemand zu ihm zu lassen außer dem Pfarrer. Ein paar unauffällige Anordnungen sorgten für unbedingte Durchführung dieses Befehls.

Zwanzigstes Kapitel

Auf einem Dreidecker alten Modells befand sich über dem sogenannten oberen Kanonendeck das Spardeck, das mit Ausnahme seiner Geschütze fast ganz dem Wetter ausgesetzt war. Für gewöhnlich war es zu allen Zeiten frei von Hängematten, da die Matten der Mannschaft sich im unteren Zwischendeck und in den Kojen befanden, wo die Matrosen nicht nur schliefen, sondern auch ihre Sachen verstauen konnten. Auf beiden Seiten des Kojendecks sah man die Reihen der großen Kisten und beweglichen Speiseschränke der vielen Messen stehen.

Auf der Steuerbordseite des oberen Kanonendecks lag Billy unter Bewachung in Ketten in einem der gleichmäßig geformten Winkel zwischen den einzigen Batterien. Die Kanonen waren vom schwersten Kaliber, das man damals kannte. Sie waren auf wuchtige hölzerne Fahrgestelle montiert, mit schwerfälligem Ladegerät bepackt und hatten starke Taue an den Seiten, um sie vorzuziehen.

Die Kanonen wie auch ihre Gestelle, ebenso die langen Rammpfähle und die kürzeren Luntenstöcke, die in Schlingen von oben herunterhingen alles war, wie üblich, schwarz angestrichen. Die schweren, mit Werg umwickelten Ladestöcke waren geteert und trugen die gleiche makabre Livree eines Leichengefolges. Im Gegensatz zu den Begräbnisfarben dieser Umgebung trug der Matrose einen weißen Sweater und weiße Drillichhosen, die mehr oder weniger schmutzig in dem düsteren Licht des Winkels ungewiß schimmerten wie farblose Schneefetzen im April, vorn in den düsteren Höhlen des Hochlandes.

Er trägt bereits sein Totenhemd oder vielmehr die letzten Kleider, die ihm dieses ersetzen sollen. Über ihm schaukeln an zwei mächtigen Balken, die das Oberdeck tragen, zwei Schiffslaternen, die ihn kaum beleuchten. Ihr Öl brennt mit schmutziggelbem, flackerndem Licht und verunreinigt den bleichen Mondschein, der mühsam ein paar helle Flecken durch die offenen Stückpforten wirft, aus welchen die bekappten Kanonenrohre herausragen. Weitere Laternen beleuchten in gleichen Abständen die dunkleren Winkel, die wie kleine Beichtstühle und Seitenkapellen einer Kathedrale von dem langen breiten Kirchenschiff im Halbschatten zwischen den beiden Batterien dieser bedeckten Galerie abzweigen.

So sah das Deck aus, wo nun der ›hübsche Matrose‹ lag. Die rotbraune Farbe seines Gesichts zeigte keinerlei Blässe. Es hätte tagelangen Abgeschlossenseins von Wind und Sonne bedurft, um diese junge, blühende Gesundheit zu bleichen. Nur der vorspringende Winkel des Backenknochens begann sich vorsichtig unter der warm getönten Haut abzuzeichnen. In heißen, selbstbeherrschten Herzen können gewisse Erfahrungen in kurzer Zeit das Gewebe des Körpers von innen aufzehren wie ein schwelendes Feuer die Baumwollballen im Laderaum.

Jetzt aber hatte Billy, der, von dem Räderwerk des Geschicks erfaßt, zwischen den beiden Kanonen dalag, seine Erstarrung schon überwunden. Es war die Agonie eines jungen Herzens gewesen, das seine erste Erfahrung mit der teuflischen Natur einiger Menschen und ihrer Handlungen gemacht hatte. Sie war nicht stärker als die heilende Beruhigung, die das unbelauschte Gespräch mit Kapitän Vere zurückgelassen hatte.

Er lag reglos da, wie entrückt, und der ihm eigene jugendliche Ausdruck des Gesichts ließ ihn wie ein schlafendes Kind in der Wiege erscheinen, über dessen Wangen der warme Schein des Herdfeuers in der stillen Stube fällt und leise kommend und gehend seltsame Schatten bildet. Denn es ging hin und wieder ein helles glückliches Licht über das stille Gesicht des Gefangenen, erlosch und kehrte wieder, wie seine Träume und Erinnerungen.

Als der Geistliche ihn aufzusuchen kam und ihn so daliegen sah ohne ein Anzeichen, daß er seine Anwesenheit bemerkte, betrachtet er ihn eine Weile aufmerksam und zog sich dann leise zurück. Vielleicht fühlte er, daß selbst ein Diener Christi (in welcher Rolle er freilich sein Gehalt vom Kriege bezog) keinen Trost würde spenden können und keinen tieferen Frieden als jenen, dessen Zeuge er war.

Am frühen Morgen aber kam er noch einmal. Und der inzwischen wachgewordene, seiner Umgebung wieder bewußte Gefangene sah ihn kommen und begrüßte ihn höflich und beinah freudig.

Der gute Mann versuchte in der nun folgenden Unterredung vergebens, in Billy Budd einen religiösen Gedanken zu erwecken, daß er sterben müsse und sogar schon mit Sonnenaufgang.

Allerdings sprach Billy Budd ganz offen von seinem Tode als einer nahe bevorstehenden Sache, aber ein wenig im allgemeinen, wie Kinder vom Tode reden, die ja auch, genau wie ein anderes Spiel, ›Begräbnis‹ spielen – mit Bahre und Leidtragenden und allem, was dazu gehört.

Nicht daß Billy, wie Kinder, unfähig gewesen wäre zu begreifen, was Tod eigentlich bedeute. Aber er war ganz ohne jene tief wurzelnde Todesangst, die unter hochzivilisierten Menschen viel häufiger ist als unter sogenannten Barbaren, welche in jeder Hinsicht der unverdorbenen Natur näher stehen. Und Billy war im Grunde seines Wesens ein Barbar.

Einundzwanzigstes Kapitel

Vergebens versuchte der gute Pfarrer den jungen Barbaren auf Todesgedanken zu bringen, wie Schädel, Sanduhr und gekreuzte Knochen auf alten Grabsteinen sie in uns erwecken; und ebenso ergebnislos waren offenbar seine Bemühungen, ihn an eine Erlösung und an einen Heiland zu erinnern. Billy hörte wohl zu, aber weniger aus Angst oder Ehrfurcht als aus einer natürlichen Höflichkeit heraus. Zweifellos nahm er das alles genau so auf, wie die meisten Matrosen einen gelehrten Vortrag anhören, der nichts mit der gewohnten Welt ihres Werktags zu tun hat.

Indessen, der Pfarrer der *Indomitable* war ein einsichtiger Mann mit gesundem Verstand eines guten Herzens; und so drängte er nicht weiter in Billy. Ein Offizier hatte ihm auf Bitten des Kapitäns Vere fast alles erzählt, was Billy betraf; und da er dachte, daß Unschuld eine bessere Empfehlung sei als selbst der Glaube, um vor dem ewigen Richter zu erscheinen, so entfernte er sich widerstrebend, aber nicht ohne seiner tiefen Bewegung in einer Handlung Ausdruck zu geben, die seltsam genug für einen Engländer war und noch mehr unter solchen Umständen für einen Priester im Amt.

Er beugte sich nieder und küßte die glatte Wange des Menschenkindes, das ein Verbrecher war nach Kriegsrecht, und das er selbst im Anblick des Todes für kein Dogma gewinnen konnte. Und doch fürchtete er nicht für sein künftiges Leben.

Man wundere sich nicht, daß der würdige Mann, der um Billy's völlige Unschuld wußte, keinen Finger rührte, um das Schicksal eines Opfers militärischer Disziplin von ihm abzuwenden. Er hätte ebenso vergeblich die Wüste um Mitleid anrufen können. Und außerdem hätte er sich einer ungebührlichen Grenzüberschreitung seines Pflichtbereiches schuldig gemacht, das ihm genau so streng durch Kriegsgesetz vorgeschrieben war wie jedem anderen Seeoffizier.

Zweiundzwanzigstes Kapitel

Die Nacht, so licht über dem Spardeck, so dunkel in den tieferen Räumen des Schiffes, wo man an die stillgelegten Schächte eines Bergwerks denkt, – die lichte Nacht verging. Sie verschwand und warf dem aufdämmernden Tag ihr bleiches Gewand zu, wie der Prophet, auf seinem Wagen im Himmel verschwindend, seinen Mantel dem Elisa zurückließ.

Ein sanftes scheues Licht ging im Osten auf, wo sich ein durchsichtiges Vlies aus weißen Wolkenstreifen hinzog. Langsam wuchs die Helligkeit. Plötzlich wurde am Achterdeck ›ein Glas‹ geschlagen, und ein stärkerer metallischer Ton antwortete vom Vorderdeck. Es war vier Uhr morgens. Sogleich riefen die silbernen Pfiffe alle Leute zusammen, der Hinrichtung beizuwohnen.

Durch die große Luke, die von Pyramiden schwerster Kanonenkugeln flankiert war, strömte die untere Wache herauf an Deck und füllte zusammen mit der bereits dort befindlichen Wache den ganzen Raum zwischen dem Großmast und dem Fockmast und obendrein die große Schaluppe und die schwarzen Rahen zu beiden Seiten derselben, wobei das Boot und die Rahen einen hochgelegenen Beobachtungsposten für die Pulverjungen und die jüngeren Teerjacken bildeten. Eine dritte Gruppe von Vortoppleuten lehnte sich über die Seitenbalustrade, die auf einem Dreidecker gewaltige Ausmaße hat, und sah von dort auf die Menge herunter. Männer und Knaben schwiegen oder sprachen nur flüsternd. Kapitän Vere – auch jetzt die Hauptfigur unter den versammelten Offizieren –

stand am Rande des Achterdecks und blickte geradeaus. Unmittelbar unter ihm, auf dem Quarterdeck, standen die Matrosen in voller Uniform, genau wie bei der Verlesung des Urteils.

In früheren Zeiten wurde ein zum Tode verurteilter Matrose der Kriegsmarine gewöhnlich an der Topprahe erhängt. In diesem Fall wurde aus besonderen Gründen die Rahe des Großmastes gewählt. Der Gefangene wurde jetzt an einem Arm unter die Rahe geführt, während der Pfarrer ihn begleitete.

Es wurde hierbei bemerkt und hinterher auch darüber gesprochen, daß während dieser Schlußszene der gute Mann nichts von der üblichen Routine zeigte. Er hatte zwar eine kurze Unterredung mit dem Verurteilten, aber das wirkliche Evangelium lag weniger in dem, was er sagte, als wie er sich gegen ihn benahm.

Die letzten Vorbereitungen wurden schnell durch zwei Bootsleute erledigt; die Hinrichtung stand nun bevor. Billy stand aufrecht und blickte nach achtern zum Ruder. Im allerletzten Augenblick waren dies seine Worte – Worte, die er ohne jede Hemmung rief: »Gott segne Kapitän Vere!«

Diese Worte, so unerwartet im Munde eines Menschen, der den Schandstrick um den Hals trug, eines verurteilten Verbrechers, der seine letzten Segensworte zu den Ehrenquartieren des Schiffes hinüberrief; Worte, die so hell klangen wie die Melodie eines Singvogels, der sich von seinem Zweig emporschwingt, – diese Worte hatten eine unerhörte Wirkung, die noch gesteigert wurde durch den leuchtenden Ausdruck des jungen Matrosen.

Unwillkürlich, und als hätte der Ruf die Mannschaften des Schiffes wie ein elektrischer Schlag durchzuckt, kam von allen Seiten mit einer einzigen Stimme das widerhallende Echo: »Gott segne Kapitän Vere!«

Und doch war es sicherlich Billy allein, an dem ihre Herzen hingen wie auch ihre Augen.

Bei diesen Worten und ihrem laut zurückhallenden Echo stand Kapitän Vere in stoischer Selbstbeherrschung, vielleicht aber auch durch die Erschütterung wie gelähmt, aufrecht und reglos da.

Das Schiff, das vorm Winde liegend gleichmäßig nach Lee rollte, begann gerade in ruhige Fahrt zu fallen, als das verabredete stumme letzte Zeichen gegeben wurde. Im gleichen Augenblick durchbrach die Sonne das tief im Osten ausgebreitete Wolkenvlies und ließ es aufleuchten in sanfter Glorie, als erscheine in mystischer Vision das Lamm Gottes am Himmel.

Zur gleichen Zeit, verfolgt von den Blicken der dicht aneinander gedrängten erhobenen Gesichter, stieg Billy hinan; und steigend empfing er das volle Licht der Morgenröte.

Zur Verwunderung aller zeigte die gefesselte Gestalt, die von der Rahe herunterhing, keinerlei Bewegung, außer daß sie mitschwang in dem Schlingern des großen, schwerbestückten Schiffes, das langsam und majestätisch durch die ruhige See seinen Weg nahm.

Eine Randbemerkung

Einige Tage später erinnerte sich der Zahlmeister – ein rotbackiger dicker Mann, dazu ein guter Rechner, aber eben kein tiefer Philosoph – an die eben erwähnte Besonderheit und sagte beim Essen zum Arzt:

»Welch ein Beweis für die Macht der Willenskraft!«

Worauf dieser, ein langer hagerer Mann, der einen diskreten Sarkasmus mit eher höflichen als jovialen Manieren verband, entgegnete:

»Verzeihung, Herr Zahlmeister, bei einer so wissenschaftlich ausgeführten Erhängung wie der von Budd, die ich selber auf ausdrücklichen Befehl geleitet habe, muß jede Bewegung, die nach dem eigentlichen Akt des Aufhängens in dem hängenden Körper sichtbar wird, einem mechanischen Spasmus des muskulären Systems zugeschrieben werden. Unterbleibt sie, so kann man das mit Willenskräften so wenig wie mit Pferdekräften – entschuldigen Sie den Ausdruck! – erklären.«

»Ist aber dieser Muskelspasmus, von dem Sie reden, in solchen Fällen nicht fast immer der gleiche?«

»Sicherlich, Herr Zahlmeister.«

»Wie erklären Sie sich dann, Verehrtester, sein völliges Fehlen in diesem Falle?«

»Herr Zahlmeister, es scheint mir, daß Sie die Einzigartigkeit des Falles mit anderen Augen ansehen als ich. Sie erklären ihn für sich mit Hilfe einer sogenannten Willenskraft – ein Ausdruck, den das Wörterbuch der Wissenschaft bisher nicht kennt. Ich selber versuche mit meinen augenblicklichen Kenntnissen überhaupt nicht, ihn zu erklären. Selbst wenn man einmal annehmen würde, daß Budds Herz unter dem Druck der unerhörten Erregung beim ersten Anziehen des Stricks plötzlich ausgesetzt hätte – genau wie eine unvorsichtig aufgezogene Uhr, bei der die Feder bricht – wie wollen Sie dadurch das seltsame Phänomen erklären?«

»Sie geben also zu, daß dieses Ausbleiben jeder spasmischen Reaktion ein Phänomen genannt werden darf?«

»Ein Phänomen insofern, Herr Zahlmeister, als es ein sichtbares Ereignis war, dessen Gründe nicht ohne weiteres auf der Hand liegen.«

»Aber sagen Sie mir eines«, fuhr hartnäckig der andere fort; »hat der Strick den Mann getötet, oder starb er in einer Art Euthanasie?«

»Euthanasie, Herr Zahlmeister, ist so ein Ding wie Ihre Willenskraft; ich habe, mit Ihrer Erlaubnis, gegen die wissenschaftliche Korrektheit dieses Ausspruchs gewisse Bedenken. Es ist eine imaginäre und metaphysische, kurzum eine griechische Angelegenheit. Aber – und plötzlich änderte er seinen Ton – ich habe noch einen Mann in der Krankenstube, den ich nicht gern meinem Assistenten überlassen möchte. Entschuldigen Sie mich bitte.« Damit stand er auf und verließ die Messe.

Dreiundzwanzigstes Kapitel

Das Schweigen während der Hinrichtung und noch einige Augenblicke hinterher, das durch das regelmäßige Klatschen der Wellen gegen das Schiff und das Flattern eines Segels, da der Mann am Ruder seine Augen woanders hatte, nur noch eindringlicher wirkte – diese völlige Stille wurde ganz allmählich gestört durch einen Ton, der sich kaum in Worten wiedergeben läßt.

Wer einmal erlebt hat, wie in den tropischen Bergen nach einem strömenden Regensturz, den das Flachland in solcher Stärke gar nicht kennt, die Flutwelle eines Gießbachs näherschwillt: ihr erstes ersticktes Murmeln, wenn sie von fern, durch die steilen Waldhänge stürzend, herankommt, der kann sich ungefähr eine Vorstellung von diesem Ton machen.

Ein Murmeln wurde gehört, das von weither zu kommen schien, weil es ganz undeutlich war; und doch kam es ganz aus der Nähe, nämlich von den auf dem offenen Deck versammelten Mannschaften. Es war so unbestimmt, daß man nicht recht erkennen konnte, was es bedeutete – vermutlich aber ein launisches Umschlagen der Gefühle, wozu die Massen immer neigen, und was in diesem Augenblick verriet, daß die Leute ihr unfreiwilliges Echo von Billy's letzten Worten zu widerrufen bereit waren.

Ehe jedoch das Gemurmel Zeit fand, sich zu einem Geschrei zu verstärken, wunde es durch ein militärisches Kommando abgeschnitten, das um so wirksamer war, als es ganz unerwartet kam.

»Unteroffizier vom Dienst, pfeifen Sie: ›Steuerbordwache antreten!‹ und geben Sie acht, daß prompt gehorcht wird.«

Schrill wie die Schreie der Raubmöven übertönten und zerstreuten die Pfiffe des Unteroffiziers und seiner Leute das dumpfe drohende Gemurmel, und unter dem mechanischen Zwang der Disziplin verschwand die Hälfte der Mannschaften unter Deck. Der Rest wurde mit Segeltrimmen und anderen kleineren Arbeiten beschäftigt, die ein Deckoffizier für jede Gelegenheit bereit haben muß.

Hat ein Kriegsgericht auf hoher See ein Todesurteil gefällt, so erfolgen alle weiteren Maßnahmen so prompt und schnell, daß man fast von Eile reden kann, obschon man diesen Anschein vermeidet.

Nachdem Billy's Hängematte, in der er zu Lebzeiten geschlafen hatte, mit Blei beschwert und als sein Leichentuch zugerichtet war, wurden rasch die letzten Vorbereitungen getroffen durch die Maate des Segelmachers, welche auf dem Schiff den Dienst der Leichenträger versahen.

Als alles soweit war, wurde zum zweitenmal ›Alle Mann-an Deck‹ befohlen; diesmal für das Begräbnis.

Es erübrigt sich, die Einzelheiten dieser letzten Zeremonie zu beschreiben. Als aber die schräge Planke ihre Last ins Meer gleiten ließ, erhob sich wiederum ein seltsames menschliches Gemurmel, in welches sich das leere Kreischen einiger großer Seevögel mischte, die, herbeigelockt durch das dumpfe Aufschlagen der bleibeschwerten Hängematte, schreiend auf die aufschäumende Stelle zuflogen.

Sie strichen so nah über das Deck, daß man das knöcherne Geräusch ihrer schmalen doppeltgewinkelten Flügel hörte.

Während das Schiff mit leichter Brise weiterfuhr und die Stelle des Grabes hinter sich ließ, fuhren die Vögel fort, den Platz in niedrigem Fluge zu umkreisen mit den huschenden Schatten ihrer ausgebreiteten Schwingen; und das Requiem ihrer geborstenen Schreie hallte über das Meer.

Auf die Mannschaften, die ganz im Seemannsaberglauben der damaligen Zeit befangen waren, und die soeben das Wunder des reglos in der Luft hängenden Toten erlebt hatten, waren die Schreie der Möven, obschon sie nur die tierische Gier nach Beute ausdrückten, voll ahnender Vorbedeutung.

Eine unsichere Bewegung durchlief ihre Reihen und brachte sie ein wenig in Unordnung, die aber nur einen kurzen Augenblick geduldet wurde. Denn plötzlich rief die Trommel ›auf Station‹; und dieser bekannte, jeden Tag wenigstens zweimal gehörte Ton wirkte in diesem Augenblick besonders zwingend. Strenge, und lange Zeit hindurch geübte Kriegsdisziplin macht den Menschen allmählich so fügsam und gelehrig, daß er auf den Ton eines Befehls mit der prompten Unfehlbarkeit eines Instinkts reagiert.

Der Trommelwirbel zerstreute die Menge und verteilte sie größtenteils auf die Batterien der beiden verdeckten Kanonendecks. Dort standen die Kanoniere wie üblich stramm und stumm bei ihren Geschützen. Nach einiger Zeit nahm der Erste Offizier, den Degen unterm Arm, an seinem Platz auf dem Achterdeck stehend, die verschiedenen Meldungen der Leutnants, die die einzelnen Batterien beaufsichtigten, vorschriftsmäßig entgegen; nach der letzten Meldung gab er den Sammelrapport, in gewohnter Weise salutierend, an den Kapitän weiter.

Das alles ließ die Zeit verstreichen, worauf es im Augenblick ankam, da man eine Stunde zu früh das Trommelsignal ›auf Station‹ gegeben hatte.

Daß eine solche Abweichung von der Regel durch einen Offizier wie Kapitän Vere zugelassen wurde, den manche für einen großen

Pedanten hielten, bewies, daß er sie, so ungewöhnlich sie sein mochte, für notwendig hielt in Rücksicht auf die augenblickliche Stimmung der Leute. »Die Menschen«, pflegte er zu sagen, »brauchen vor allem Form – Maß und Form. Und das ist auch der Sinn der Geschichte von Orpheus, der mit seiner Leier die wilden Tiere des Waldes bezauberte und bezwang.«

Bei dem ungewöhnlichen Appell ging alles wie sonst zu. Die Kapelle auf dem Achterdeck spielte einen Choral; worauf der Pfarrer den üblichen Morgengottesdienst abhielt. Dann verkündete die Trommel Freizeit; und unter dem Eindruck der Musik und der religiösen Bräuche, die so wichtig sind für Disziplin und alles Kriegshandwerk, verteilten sich die Mannschaften in gewohnter Ordnung auf die Plätze, die ihnen zugewiesen waren, wenn sie keinen Dienst an den Geschützen hatten. Es war nunmehr heller Tag. Das tiefhängende Wolkenvlies war verschwunden: aufgesogen von der Sonne, die es zuvor so leuchtend verklärt hatte. Die Luft in ihrer heiteren Klarheit schimmerte zart und weiß, wie ein frisch gebrochener Marmorblock.

Vierundzwanzigstes Kapitel

Die vollendete Form eines reinen Phantasiebildes wird nicht so leicht von einer Erzählung erreicht werden, deren Fabel fast ganz auf Tatsachen beruht. Die ungeschminkt berichtete Wahrheit wird stets ihre Löcher und Flicken haben, weswegen das Ende einer solchen Erzählung kaum jemals so harmonisch ausfallen wird wie etwa die krönende Kuppel eines zuvor entworfenen Bauwerks.

Wie es dem ›hübschen Matrosen‹ im Jahr der ›Großen Meuterei‹ erging, haben wir getreu berichtet. Obschon seine eigentliche Geschichte mit seinem Leben endet, so dürfte doch eine Art Nachwort wohl am Platze sein.

Als das Direktorium sämtliche Schiffe, die ursprünglich die Flotte der französischen Marine gebildet hatten, umtaufen ließ, erhielt das Linienschiff *St. Louis* den Namen *Atheist*. Unter den verschiedenen neuen Namen der Revolutionsflotte, die den gottlosen Übermut der herrschenden Gewalt verkündeten, war dieser Name, obschon ganz unbeabsichtigt, sicherlich der beste, den je ein Kriegsschiff erhalten hat.

Auf der Rückfahrt zur versammelten englischen Flotte nach Beendigung seiner Sondermission, während welcher die berichteten Vorgänge sich ereigneten, traf die *Indomitable* mit der *Atheist* zusammen.

Es entspann sich ein Gefecht, in dessen Verlauf Kapitän Vere, beim Versuch, sein Schiff längsseit des feindlichen Schiffes zu bringen und seine Leute zwischen den Schanztürmen hindurch entern zu lassen, von einer Musketenkugel getroffen wurde, die aus einer Schießscharte der feindlichen Hauptkabine abgefeuert worden war. Schwer verletzt stürzte er aufs Deck und wurde in den gleichen Verwundetenraum getragen, wo schon einige seiner Leute lagen.

Der älteste Offizier übernahm das Kommando. Unter seinem Befehl wurde schließlich das feindliche Schiff gekapert und mit seltenem Glück trotz schwerster Beschädigungen bis nach Gibraltar, einem englischen Fort in der Nähe des Kampfplatzes, geschleppt.

Kapitän Vere wurde mit den übrigen Verwundeten an Land gebracht. Dort lag er noch einige Tage, dann kam das Ende. Unglücklicherweise starb er, ohne die Schlacht am Nil und Trafalgar erlebt zu haben. Diesem Mann, der vielleicht trotz seiner stoischen Strenge der verborgensten aller Leidenschaften, dem Ehrgeiz, frönte, war der volle Ruhm nicht vergönnt gewesen.

Kurz vor seinem Tod und unter dem Einfluß eines jener magischen Linderungsmittel, die den körperlichen Schmerz stillen und die seelischen Regungen geheimnisvoll verfeinern, hörte sein Wärter, wie er folgende, ihm ganz unverständliche Worte flüsterte: »Billy Budd, Billy Budd.«

Für den älteren Hauptmann der Seesoldaten, der sich seinerzeit dem Todesurteil des Kriegsgerichts am meisten widersetzt hatte, war es nach dem Bericht des Krankenwärters völlig klar, daß diese Worte nichts von Reue an sich hatten. Denn dieser Mann wußte sehr wohl, obschon er sein Wissen für sich behielt, wer Billy Budd gewesen war.

Fünfundzwanzigstes Kapitel

Einige Wochen nach der Hinrichtung erschien in einem der damaligen offiziellen Wochenblätter der Marine unter der allgemeinen Überschrift »Neues vom Mittelmeer« ein Bericht über den Vorfall.

Zweifellos war er größtenteils im guten Glauben verfaßt worden, obgleich das Gerücht, durch dessen Medium die Tatsachen bis zu dem Schreiber gelangt waren, ihn entstellt und verfälscht hatte. Der Bericht lautete wie folgt:

»Am 10. des verflossenen Monats ereignete sich an Bord *H.M.S. Indomitable* ein bedauerlicher Vorfall. Der Waffenmeister des Schiffs, John Claggart, hatte die ersten Anzeichen einer beginnenden Verschwörung unter den Mannschaften des Schiffs entdeckt und hatte ferner als Rädelsführer einen gewissen William Budd festgestellt.

Er brachte den Mann vor den Kapitän, wo Budd plötzlich sein Messer zog und es ihm ins Herz stieß.

Die Tat wie auch das benutzte Werkzeug beweisen zur Genüge, daß der Mörder kein Engländer war, obschon er unter englischem Namen in den Dienst der englischen Marine getreten war, wie so viele Ausländer, von denen eine beträchtliche Anzahl infolge der ungewöhnlich schwierigen Lage unter falschem englischen Namen in der Marine Dienst nehmen.

Die Ungeheuerlichkeit der Tat und die ganze Ruchlosigkeit des Verbrechers werden durch den Charakter des Ermordeten noch unterstrichen, der ein Mann in mittleren Jahren, von ehrlicher und zuverlässiger Gesinnung war und jener Klasse von Unteroffizieren angehörte, von denen, wie die Herren Offiziere selber am besten wissen, die Schlagkraft der königlichen Flotte in so hohem Maße abhängt.

Er bekleidete einen verantwortungsvollen, ebenso mühsamen wie undankbaren Posten; doch sein leidenschaftlicher Patriotismus ließ ihn seine Pflicht nur desto treuer erfüllen.

In diesem Fall – und unsere Tage sind reich an ähnlichen Beispielen – widerlegt der Charakter des Opfers eindeutig, wenn das noch nötig sein sollte, jenen törichten Ausspruch, den man dem verstorbenen Dr. Johnson nachgesagt hat: ›daß Patriotismus für einen Schurken die letzte Zuflucht sei‹.

Der Verbrecher hat sein Verbrechen gesühnt. Die sofortige Bestrafung hat sich bewährt. Man befürchtet jetzt keinerlei Unruhen mehr an Bord von *H.M.S. Indomitable*.«

Dieser Artikel, der in einer inzwischen längst eingegangenen und vergessenen Zeitschrift erschien, ist alles, was das Gedächtnis der Menschen aufbewahrt hat, um darzutun was für Leute jene beiden waren: John Claggart und Billy Budd.

Sechsundzwanzigstes Kapitel

In der Flotte ist alles und jedes wenigstens eine Zeitlang interessant. Jeder greifbare Gegenstand, der mit irgendeinem auffälligen Ereignis im Dienst zusammenhängt, wird zu einer Art Denkmal.

Die Rahe, an welcher der Vortoppmann erhängt worden war, wurde von den Blaujacken einige Jahre lang aufgehoben. Dann wanderte sie vom Schiff auf die Werft, und wiederum von der Werft aufs Schiff; und selbst als sie nur noch ein Stück Holz unter dem Gerümpel der Werft war, blieb die Legende an ihr haften.

Für die Matrosen war ein Stück von ihr wie ein Splitter vom Heiligen Kreuz. Sie kannten nicht den wahren Sachverhalt und meinten nur, daß die Strafe eben militärisch unvermeidlich war; aber sie fühlten genau, daß Billy niemals ein Meuterer oder Mörder gewesen war.

Sie dachten an die frische, junge Erscheinung des ›hübschen Matrosen‹, dessen Gesicht niemals durch ein höhnisches Lächeln oder durch einen gemeinen Zug entstellt worden war. Dieser Eindruck Billy's auf seine Kameraden wurde noch verstärkt durch sein irgendwie geheimnisvolles Verscheiden. Die allgemeine Achtung, mit der man auf den Kanonendecks der *Indomitable* an seine natürliche und unbewußte Offenheit zurückdachte, fand in einem anderen Vortoppmann aus der Wache, zu der Billy früher gehört hatte, einen schlichten Verkünder, da dieser Mann, wie so manche Matrosen, mit einem kunstlosen dichterischen Empfinden begabt war. Seine teergebräunten Hände schrieben ein paar Verse auf, die eine Zeitlang unter den Schiffsmannschaften umliefen und schließlich, höchst mangelhaft und voller Fehler, in Portsmouth als Ballade gedruckt wurden. Den Titel gab ihr der Matrose selbst.

Billy in Ketten

Dank! daß du herkommst, guter Kaplan,
und kniest und betest für mich.

Nun kommt auch der Mond und scheint auf das Deck,
macht alles ganz silberig:

Die Wache, die Säbel und alles herum.
Dann löscht ihn das Morgenrot.
Mein letzter Tag; bald häng' ich am Mast,
wie ein Ohrring, schaukelnd und tot.

Wie der Ring, den ich Molly in Bristol gab,
so hänge ich oben am Mast.
Ich hing auch am Leben das geht vorbei.
Nun geht's aufwärts! Nur Mut gefaßt!

Mit leerem Magen in aller Früh –
so schlecht wird man nicht sein!
Man gibt mir noch einen Zwieback mit
und vielleicht auch ein Glas Wein.

Gott weiß, wer mich morgen nach oben hißt,
mit abgewandtem Gesicht.
Nur kein Kommando, kein Pfeifengeschrill!
Doch nur zu! ich hör' es ja nicht.

Und wenn dann die Trommel zum Wecken ruft,
ist Billy schon lange fort;
aber Donald versprach, an der Planke zu stehn
für ein letztes freundliches Wort.

Doch ich träume schon wieder. Ich bin ja tot!
Ich sinke und sinke so schwer.
Mich schläfert, ich schlafe am tiefen Grund,
und über mir wacht das Meer.

Kamerad, komm 'rüber und lockre mir
die Kette, sie tut mir weh;
daß ich in Frieden dann über Bord
zu den Muscheln und Algen geh'.

Über tredition

Eigenes Buch veröffentlichen

tredition wurde 2006 in Hamburg gegründet und hat seither mehrere tausend Buchtitel veröffentlicht. Autoren veröffentlichen in wenigen leichten Schritten gedruckte Bücher, e-Books und audio-Books. tredition hat das Ziel, die beste und fairste Veröffentlichungsmöglichkeit für Autoren zu bieten.

tredition wurde mit der Erkenntnis gegründet, dass nur etwa jedes 200. bei Verlagen eingereichte Manuskript veröffentlicht wird. Dabei hat jedes Buch seinen Markt, also seine Leser. tredition sorgt dafür, dass für jedes Buch die Leserschaft auch erreicht wird.

Im einzigartigen Literatur-Netzwerk von tredition bieten zahlreiche Literatur-Partner (das sind Lektoren, Übersetzer, Hörbuchsprecher und Illustratoren) ihre Dienstleistung an, um Manuskripte zu verbessern oder die Vielfalt zu erhöhen. Autoren vereinbaren direkt mit den Literatur-Partnern die Konditionen ihrer Zusammenarbeit und partizipieren gemeinsam am Erfolg des Buches.

Das gesamte Verlagsprogramm von tredition ist bei allen stationären Buchhandlungen und Online-Buchhändlern wie z. B. Amazon erhältlich. e-Books stehen bei den führenden Online-Portalen (z. B. iBookstore von Apple oder Kindle von Amazon) zum Verkauf.

Einfach leicht ein Buch veröffentlichen: **www.tredition.de**

Eigene Buchreihe oder eigenen Verlag gründen

Seit 2009 bietet tredition sein Verlagskonzept auch als sogenanntes "White-Label" an. Das bedeutet, dass andere Unternehmen, Institutionen und Personen risikofrei und unkompliziert selbst zum Herausgeber von Büchern und Buchreihen unter eigener Marke werden können. tredition übernimmt dabei das komplette Herstellungs- und Distributionsrisiko.

Zahlreiche Zeitschriften-, Zeitungs- und Buchverlage, Universitäten, Forschungseinrichtungen u.v.m. nutzen diese Dienstleistung von tredition, um unter eigener Marke ohne Risiko Bücher zu verlegen.

Alle Informationen im Internet: **www.tredition.de/fuer-verlage**

tredition wurde mit mehreren Innovationspreisen ausgezeichnet, u. a. mit dem Webfuture Award und dem Innovationspreis der Buch Digitale.

tredition ist Mitglied im Börsenverein des Deutschen Buchhandels.

Dieses Werk elektronisch lesen

Dieses Werk ist Teil der Gutenberg-DE Edition DVD. Diese enthält das komplette Archiv des Projekt Gutenberg-DE. Die DVD ist im Internet erhältlich auf **http://gutenbergshop.abc.de**

Zeitfracht Medien GmbH
Ferdinand-Jühlke-Straße 7
99095 Erfurt, Deutschland
produktsicherheit@kolibri360.de